Dounia Bouzar

# Djihad, mon ami

DOUNIA BOUZAR

# DJIHAD, MON AMI

*Roman*

Aus dem Französischen
von Sarah Pasquay

KNESEBECK

*»Ich träume davon, dieses Land zu verlassen, mich von diesem Elend zu befreien, die Segel zu setzen und in eine neue Zeit aufzubrechen. Ich werde bei denen sein, die mir gleich sind, fern von euch und euren billigen Werten. Ja, ich träume davon, alles hinzuwerfen, alles hinter mir zu lassen und von vorn anzufangen. Ich träume davon, in ein Land aufzubrechen, das ihr niemals kennenlernen werdet und aus dem mich niemand zurückholen kann. Dazu braucht es Mut und die Bereitschaft, ein ganz neues Kapitel aufzuschlagen. Man muss ein Fremder sein, um sich in einem so weit entfernten gelobten Land, das niemand kennt, niederzulassen. Sie machen sich Sorgen um mich, aber ich werde fortgehen, auch wenn ich dabei umkomme. Ich habe nur ein einziges Ziel: in ein gefährliches Gebiet zu fliehen. Ich weiß, dass ich leiden werde, und vielleicht verliere ich darüber mein Lächeln, vielleicht sogar mich selbst. Aber ich muss es sehen, das ist eine Pflicht. Ich bin ein verlorenes Kind, ich fühle mich von eurer Welt ausgeschlossen. Lasst mich von meiner eigenen träumen …«*

Gedicht von Meïli (15 Jahre), die versuchte, nach Syrien auszureisen.

# PROLOG

Camille war meine beste Freundin. Wir haben immer alles zusammen gemacht. Seit zwei Jahren klebten wir förmlich aneinander: Wir sind zusammen ausgegangen, haben einander alles erzählt, gemeinsam für die Schule gelernt … Mal bei ihr, mal bei mir. So haben wir beide die Französisch-Abiturprüfung bestanden. Zwischendurch haben wir uns dreimal unseren Lieblingsfilm angesehen: *Das Schicksal ist ein mieser Verräter.*

Und dann, wie aus dem Nichts, hat sie sich plötzlich völlig verändert. Von einem Tag auf den anderen hat sie nicht mehr mit mir geredet. Ich habe sie mit SMS bombardiert, aber damit bin ich ihr nur auf den Geist gegangen. Es war nicht mehr wie vorher. Anfangs hat sie sich noch verpflichtet gefühlt, mir zu antworten. Aber dann habe ich sie verloren. Es war, als sei sie nicht mehr sie selbst. Ich spürte, dass etwas anderes sie in den Bann zog, aber was?

Ich habe nicht schnell genug reagiert. In der Woche darauf hat Camille sich rekrutieren lassen. Bis ich mich informiert hatte und allmählich zu begreifen begann, war es schon zu spät. Da war Camille in Gedanken schon unterwegs nach Syrien, wie eine Maschine, die ihr Herz und ihr Gehirn verloren hat. Ich habe lange darüber nachgedacht, wann sie begonnen hat, sich zu verändern. Ich bin wie besessen davon.

Warum habe ich nichts gesehen, nichts gemerkt? Habe ich wirklich nichts gesehen und nichts gemerkt? Immer wieder gehe ich alle Erinnerungen durch, spule in Gedanken die Zeit zurück …

*Sarah*

# 1

## Sarah

Camille und ich sind beide im wissenschaftlichen Zweig der Abschlussklasse. Unsere Schule ist weder besonders groß, noch besonders klein. Da sie mitten im Zentrum liegt, können wir zwischen zwölf und zwei in der Stadt etwas essen. Das ist praktisch. Zu fünft oder sechst gehen wir zu einem chinesischen Schnellimbiss oder einem Dönerladen. Wir müssen nicht in der miesen Kantine bleiben. Da muss man sich schon die Nase zuhalten, wenn man nur einen Fuß hineinsetzt … Ich weiß nicht mehr, wann ich Camille zum ersten Mal begegnet bin. Es ist, als würde ich sie schon ewig kennen. In meiner Erinnerung ist sie immer dagewesen. Wir haben zusammen schreiben und lesen gelernt. Sie hat alles von mir mitbekommen: meinen ersten Flirt, mein erstes Scheitern, meine Ängste, meine Erfolge, meine Fortschritte … Aber was uns in allen Lebenslagen geholfen hat, waren unsere Lachanfälle. Wir wussten nachher nie, wer von uns beiden damit angefangen hatte. Ein Zucken lief über unsere Wangen, und schon konnte sich keine von uns mehr beherrschen. Ein unkontrolliertes Lachen überwältigte uns, und wir hatten keinen Einfluss darauf, wann es wieder aufhörte.

Als wir klein waren, verbrachten wir jeden Mittwoch gemeinsam. Wenn wir nachmittags vorm Fernseher saßen, aß Camille drei riesige Scheiben Brot, dick mit Nutella bestrichen. Und trotzdem war sie ganz dünn, genau wie ihre Mutter Carole. Ich selbst war von Geburt an auf Diät und ziemlich neidisch auf sie. Meiner Mutter hatte ich versprochen, mich mit einer Scheibe Brot mit ein wenig Ziegenfrischkäse zu begnügen. Dieses verstreichbare Zeug in der pyramidenförmigen Verpackung … Doch in Camilles Kühlschrank gab es so etwas nicht, also nahm ich Butter. Und dann hatte ich noch einen Apfel in meiner Schultasche. Meine Mutter schmuggelte mir immer einen Apfel in meine Sachen. »Falls du Hunger bekommst …« Heute, zehn Jahre später, kann ich Äpfel nicht mehr riechen. Camille zieht mich damit auf. Sobald ich von irgendetwas genervt bin, sieht sie mich mit ihren leuchtenden Augen an und fragt spottend: »Ein kleiner Apfel zur Beruhigung?« Sie hat mich für einen Zumba-Kurs angemeldet, fürs Lauftraining, fürs Fitnesstraining und alles mögliche andere, um mir beim Abnehmen zu helfen. Dank ihr halte ich mich einigermaßen. Jean mag mich ohnehin so wie ich bin. Seit ein paar Wochen gehen wir miteinander. Wir waren dreimal im Kino und zweimal eine Cola trinken. Er hat schnell begriffen, dass man Camille besser in Ruhe lässt. Er hat versucht, ihr seine Kumpels vorzustellen. Natürlich nur nette Typen. Keine pickligen Milchgesichter, die keine Ahnung vom Leben haben. Doch Camille hat ein schwieriges Verhältnis zu Jungs.

Sie glaubt ihnen nie, dass sie es ehrlich meinen. Deshalb testet sie sie. Immer wenn sie jemanden kennenlernt, macht sie sich absichtlich hässlich, schminkt sich nicht mehr, zieht sich seltsam an … Ganz anders als die anderen Mädchen! Mit dieser Antiverführungstaktik will sie herausfinden, ob der Typ sich nur für ihr Äußeres oder auch für ihr Inneres interessiert, sagt sie. Und das ist noch nicht alles. Wenn der arme Kerl diesen Test bestanden hat, vertraut sie ihm immer noch nicht. Um sicherzugehen, dass er sie wirklich mag, gibt sie sich überhaupt keine Mühe, benimmt sich seltsam, wird manchmal sogar aggressiv. An diesem Punkt haben bisher alle Kandidaten das Handtuch geworfen … Das bestärkt meine Camille nur in der Annahme, dass sie es nicht ehrlich meinen, dass sie in ihr nur ein x-beliebiges Mädchen sehen. Im Grunde habe ich das schon vor langer Zeit begriffen: Sie interessiert sich nicht für Jungs, die nach einer Freundin suchen. Und sie ist nicht auf der Suche nach einem festen Freund. Camille wartet auf ihren Doppelgänger, ihre andere Hälfte. Sie wartet auf den, der genau nach ihr sucht, nach Camille.

## Camille

Ich wäre gern auf ein privates Gymnasium gegangen, aber meine Eltern waren dagegen, vor allem meine Mutter. Sie arbeitet in der Werbung und mein Vater im Finanzgeschäft, aber ich muss in diesem »durchmischten« Umfeld bleiben. Toll … Jetzt bin ich also mit lauter »Assis« zusammen. Naja, keine echten Assis, ihre Eltern sind eher Lehrer oder Ingenieure. Aber sie sind so oberflächlich. Viele von ihnen haben letztes Schuljahr mit Alkohol und Kiffen angefangen. Da unsere Schule in der Innenstadt liegt, geben ihre Eltern ihnen Geld, damit sie sich mittags etwas zu essen kaufen können. Stattdessen teilen sie sich eine Tüte Chips, die sie im Supermarkt an der Ecke mitgehen lassen, und heben das Geld auf, um davon Gras zu kaufen. Ein paar der Mädchen haben auch Sex. Keine Ahnung, warum. Sie sind nicht verliebt und sehen nicht besonders glücklich aus. Sie wirken wie eine Herde Schafe. Sie trotten hintereinander her, benutzen die gleichen Phrasen und Gesten. Zum Glück gibt es Sarah. Sie ist anders als die anderen. Wir sind wie Schwestern und das schon sehr lange. Wir sind zusammen aufgewachsen. Sarah ist authentisch, tiefgründig, aufrichtig, und sie hat echte Werte. Sie hat mich noch nie verraten. Wir erzählen uns alles, wir werden immer füreinander da sein. Wir haben uns lebenslange Treue geschworen. Anders als diese Eintagsfreundschaften oder Eintagsromanzen, die genauso lange halten wie ein Stück nasse Pappe. Manchmal frage ich mich, ob das mit Sarahs muslimischer Kultur zusammenhängt. Naja … Sie würde das nicht gern hören. Sarah ist keine Muslimin, sie ist Französin mit muslimischem Glauben, das ist nicht das Gleiche. Jedem, der es hören will, erklärt sie, dass sie ihren Islam durch ihre französische Kultur begreift. Sie hat gelernt »ich« zu sagen und kann deshalb bestimmte uralte, chauvinistische Interpretationen des Islam hinterfragen. Mit den Arabern kommt Sarah nicht klar. Das klingt komisch, ist aber so. Wenn ihre Eltern in ihr Heimatland reisen, tut sie alles, um bei mir bleiben zu dürfen. Nicht, weil sie ihre Herkunft verleugnet, sondern wegen des Clandenkens. Sarah mag nicht, dass man sie überwacht und ihr sagt, was sie tun und lassen soll. Ich sage zwar, dass uns in allen Familien vorgeschrieben wird, wie wir uns zu verhalten haben. Doch Sarah erzählt, dass in Marokko das Clandenken noch immer sehr stark ausgeprägt ist, sogar in Ärztefamilien wie der ihren. Der Clan entscheidet alles für den Einzelnen, vor allem, wenn es sich dabei um ein Mädchen handelt, das in Frankreich lebt. Sarah findet das unerträglich. Ihre Eltern versuchen, dem einen Riegel vorzuschieben, aber das reicht nicht. Irgendeine Tante oder Großmutter geht immer zu weit. Letztes Jahr hat ihre Großtante sie während des Ramadan nicht aus den Augen gelassen. Sie ist ihr bis ins Badezimmer gefolgt und hat gemeckert, weil Sarah ein Deo benutzt, das Alkohol enthält. Sarah fand dieses Argument idiotisch. Sie hat die aufdringliche Tante wütend hinausgeworfen und sie daran erinnert, dass sie nicht ihr zu Gefallen faste, sondern um sich derer zu erinnern, die nichts zum Leben haben. Ob sie sich für Gott halte? Er sei es doch, der urteilen werde. Das hat einen Konflikt heraufbeschworen, der

Spuren hinterlassen hat. Seitdem verbringt Sarah ihren Ramadan in Frankreich, auch wenn sie dann bei mir wohnen und ganz allein fasten muss, ganz im Stillen und ohne jemanden zu wecken, wenn sie später isst als wir. Geräuschlos spült sie ihr Geschirr ab und schlüpft dann wieder unter ihre Decke. Sie ist wirklich sehr selbständig und sehr reif. Als wir in der Grundschule waren, wollte ihr Vater sie einige Tests machen lassen, denn er war überzeugt, dass sie den anderen voraus war. Ihre Mutter war dagegen. Sie meinte, wenn Sarah als »hochbegabt« eingestuft würde, könnte das andere Arten von Ungleichgewicht nach sich ziehen. Ich weiß zwar nicht, was diese Tests ergeben hätten, aber ich bin überzeugt, dass Sarah hochbegabt ist. Sie spürt Dinge im Voraus, sie kann sich besser ausdrücken als irgendjemand sonst, und ihre Argumente sind messerscharf. Außerdem ist sie überall erfolgreich. Wir zwei haben in allen Klassen um den ersten Platz gewetteifert.

2

## Sarah

Im ersten Trimester hat Madame Ravel uns gebeten, uns selbst ein Thema für ein Referat zu suchen. Camille wollte sich mit der Lebensmittelherstellung beschäftigen. Wir beide analysieren gern alles Mögliche, auch unser Essen. Spaßeshalber tippt Camille »ungesunde Ernährung« auf YouTube ein. Zahlreiche Videos erscheinen. Es gibt mehrere Dutzend zu ein und demselben Thema. Wir entscheiden uns für die Top 5 der ungesunden Lebensmittel: Nutella, unser Nutella, das wir beide über alles lieben. Ich klicke weiter: Es gibt 10, 15, 20 YouTube-Links zu dem Thema. Wir klicken einen davon an. Ein Typ beginnt zu uns zu sprechen: »Ihr mögt Nutella, aber mögt ihr auch Tiger? Tja, dann freut euch an ihnen, denn bald wird es keine mehr geben.« Fasziniert von diesem Paradox hören wir ihm weiter zu. Der Typ eröffnet uns, dass unsere Lieblingsnascherei nur aus Palmöl und aromatisiertem Zucker besteht. Er erklärt einiges zur Ernährung und fährt dann fort: Um Palmöl herzustellen, werden 80 Prozent der Wälder Malaysias zerstört. Die logische Schlussfolgerung lautet: Wo keine Bäume mehr sind, gibt es auch keine Tiere mehr. Mehrere Unternehmen verwenden Palmöl, weil es sich länger hält. Der RSPO*, ein runder Tisch, an dem Produzenten, Händler und Umweltschützer zusammensitzen, soll diese Lieferkette kontrollieren. Doch der Typ erklärt uns, dass die Produzenten problemlos eine Anbaugenehmigung bekommen, wenn Sie sich ein Stück Land suchen, das vor 2005 abgeholzt wurde. Und in der Zwischenzeit verschwinden die Tiere.

In den Videos, zu denen wir jetzt weitergeleitet werden, geht es um die Top 5 der Unternehmen, die Schaden anrichten. Camille klebt förmlich am Bildschirm, ich auch. Ohne uns anzusehen, wissen wir: Nutella werden wir für den Rest unseres Lebens nicht mehr anrühren. Ist das traurig! Wir teilen die Aufgaben unter uns auf: Camille wird nach weiteren Videos suchen und ich nach Artikeln zum Thema. Das ist spannend. Mit welchen Maßnahmen könnte das Produktionssystem kontrolliert werden? Mit welchen Mitteln könnte man die einzelnen Schritte zur Herstellung eines Produktes überprüfen? Wer hat sich dazu Gedanken gemacht? Ich nehme mir vor, herauszufinden, für welches Studienfach

---

* Der 2004 auf Initiative des WWF gegründete Runde Tisch für nachhaltiges Palmöl (Roundtable on Sustainable Palm Oil) ist ein Verein, der versucht, mithilfe genau festgelegter Kriterien eine nachhaltige Palmölproduktion zu fördern. Zu den Mitgliedern des RSPO gehören Produzenten, weiterverarbeitende Betriebe, Händler, Umwelt-, Entwicklungs- und Forschungsorganisationen sowie Banken.

ich mich einschreiben müsste, um in diesem Bereich zu arbeiten.

Wo ich doch schon so lange zwischen Biologie und Geschichte/Geographie schwanke … Hier geht es sowohl um den Umweltschutz als auch um das menschliche Wohlbefinden, beides Dinge, die mich interessieren.

## Camille

Sarah scheint nicht zu begreifen, was wir da gerade entdeckt haben. Dabei haben wir uns die ersten Videos doch zusammen angesehen. Zuhause bin ich gleich wieder ins Internet gegangen. Je mehr YouTube-Videos ich mir ansehe, desto besser glaube ich zu verstehen, warum ich mich seit einiger Zeit so schlecht fühle. Es ist erschreckend, aber die Wahrheit ist: Auf dieser Welt werden wir von allen belogen. Nach den Lügen über Nutella habe ich entdeckt, was uns ganz allgemein über Lebensmittel verschwiegen wird. Überall sollen schädliche Farbstoffe enthalten sein: in Getränken, Keksen und sogar in Mayonnaise! Sie sagen, das Ziel ist, uns damit ganz allmählich umzubringen … Auch den Impfstoffen darf man nicht trauen: Einige sollen schwere Krankheiten ausgelöst haben, und niemand spricht darüber. Pharmaunternehmen halten gefährliche Medikamente auf dem Markt, nur um damit Profit zu machen. Und das, obwohl jeden Tag Menschen sterben, die diese Medikamente einnehmen. Andere YouTube-Clips enthüllen Lügen, die mit der Geschichte oder der Politik zu tun haben. Unglaublich, wie viele korrupte Politiker es gibt! Wie können die Leute da noch wählen gehen?

In dieser Nacht dreht sich alles in meinem Kopf. Es ist so schlimm, dass ich aufstehe, um bei den Videos da weiterzumachen, wo ich aufgehört habe. Drei Klicks später stoße ich auf die »versteckte Wahrheit«: Hier geht es nicht einfach um Erwachsene, die uns anlügen, sondern um geheime Gesellschaften, die anscheinend von Israel aus das Weltgeschehen lenken … Chemieprodukte, Arbeitslosigkeit, tödliche Impfstoffe, Aids – das alles sollen die Illuminaten* erfunden haben, die nicht nur die Macht und das Wissen für sich beanspruchen, sondern ganze Völker vernichten wollen. Mit Flugzeugen, so heißt es, bringen sie chemische Gase zu uns, die unsere geistigen Fähigkeiten einschränken sollen. Sie sagen, das seien die weißen Streifen, die man manchmal am Himmel sieht … Sie sollen auch Bilder mit unterschwelligen Botschaften in

---

* Die Theorien um das Illuminaten-Komplott sind Verschwörungstheorien, die vorgeben, dass der 1776 in Bayern gegründete Illuminatenorden, der 1785 verboten und aufgelöst wurde, im Geheimen bis heute weiterbesteht und nach der Weltherrschaft strebt.

unseren Alltag einschleusen, um uns einzulullen. Die Beweise sind da, vor meinen Augen. Verblüfft betrachte ich den Ein-Dollar-Schein: Der Typ zeigt mir all die Dreiecke, die sich darauf verstecken – ein Symbol der Freimaurer, die Verbündete der Illuminaten sind. Im nächsten Video faltet er den Schein, und man kann klar und deutlich erkennen, wie das Bild der brennenden Twin Towers in Manhattan erscheint: Kann es sein, dass der Anschlag vom 11. September von Bush und Israel geplant worden ist? Und das ist noch nicht alles! Ich komme zu Clips, in denen es um die Attentate auf *Charlie Hebdo* und den Supermarkt Hyper Cacher geht, und mir wird klar, dass auch hinter ihnen dunkle Machenschaften stehen: Sie sollen vom Innenminister geplant worden sein, damit die Franzosen den Islam ablehnen. Die Filme zeigen, dass die Männer, die sich als Kouachi-Brüder ausgeben, den Propheten des Islam »Mahomet« und nicht »Mohammed« nennen. Der Typ in dem Video erklärt jetzt, dass nur die Juden und die Christen den Propheten des Islam »Mahomet« nennen. Wer hat die Attentate von Januar also wirklich verübt? Und so geht es immer weiter. Es gibt Videos, die zeigen, dass der Mann, der die Juden in dem Brüsseler Museum getötet hat, kein Moslem war. Mohammed Merah wiederum soll nur die drei Soldaten erschossen haben, muslimische Verräter, die gegen ihre Brüder in Afghanistan kämpfen wollten. War wirklich er es, der die jüdische Schule in Toulouse angegriffen hat? Oder ist jemand, der ihm ähnlich sah, beauftragt worden, die jüdischen Kinder zu töten, um damit die Islamfeindlichkeit anzuheizen?

Ich gehe drei Klicks zurück. Wir werden von den Illuminaten mit Bildern überschwemmt, die unterschwellige Botschaften enthalten. Überall sind sie zu sehen: auf Zigarettenpäckchen, auf öffentlichen Gebäuden, in zahlreichen Firmenlogos … Ich habe das Gefühl, dass der Mann in den Videos mich vor der Verdummung rettet. Er hat das Etikett von einer Flasche Blutorangensaft abgezogen und hält es gegen das Licht: Ganz deutlich erkenne ich den Kopf eines kleinen Teufels, der auf einem Dreieck sitzt und die Welt in seinen Händen hält. Verrückt! Danach hält der Mann das Coca-Cola-Logo vor einen Spiegel, und dort erscheinen in arabischer Schrift die Worte: »Kein Mohammed, kein Mekka«. Das haut mich endgültig um. Wir sind umzingelt. Mir wird klar, dass jedes Mal, wenn wir dieses Logo sehen, unsere Angst vor dem Islam wächst. Und als könne mein Retter meine Gedanken lesen, verkündet er: Sie wollen den wahren Islam auslöschen, denn sie wissen, dass nur er die Macht hat, sie zu bekämpfen. Ich schalte den Computer aus und schlüpfe wieder unter meine Decke. Wie kann das sein? Warum merkt niemand etwas? Warum habe auch ich nichts gemerkt? Ich fühle mich schlecht. In meinem Kopf dreht sich alles. Was passiert hier? Ich habe das Gefühl, dass die Welt um mich herum zusammenbricht. Alles, was ich mir aufgebaut habe, alles, an was ich geglaubt und was ich erlebt habe, waren in

Wirklichkeit nur Lügen … Wie konnte ich mich nur so leicht manipulieren lassen? Wie konnte ich bei ihren Lügen mitmachen? Ich schäme mich. Mehr als sechzehn Jahre lang bin ich einfach der Herde nachgelaufen, ohne mir auch nur die kleinste Frage zu stellen. Jetzt sehe ich die Welt mit anderen Augen. Der Schleier, der mich blind gemacht hat, ist endlich gefallen. Ein Gefühl der Leere und Traurigkeit breitet sich in mir aus. Ich fühle mich einsam. So einsam … Ich rolle mich wie ein Fötus in meinem Bett zusammen und drücke mich gegen die Wand. Die schützende Decke ziehe ich fest um mich. Ich traue mich nicht mehr, die Augen zu schließen, denn im Dunkeln sehe ich überall Dämonen um mich herum fliegen. Sie schleichen umher, warten im Halbschatten, um mich mitzunehmen. Ich warte darauf, dass die Müdigkeit über mein Schluchzen siegt.

## 3

## Sarah

Seit ein paar Wochen ist Camille echt komisch. Seit wir mit diesem Referat angefangen haben, hat sie sich vollkommen verändert. Ich erkenne sie kaum wieder. Sie scheint mit ihren Gedanken ständig woanders zu sein, und wenn sie wieder auf den Boden zurückkommt, ist sie aggressiv. Ich merke, dass ich ihr auf die Nerven gehe, aber ich weiß nicht, warum. Wenn ich mit ihr rede, stellt sie alles, was ich sage, in Frage. Ständig wiederholt sie: »Woher willst du das wissen?« Oder: »Und das glaubst du?« Sie scheint plötzlich niemandem mehr zu trauen. Nicht einmal mir, und das ist das erste Mal seit wir uns kennen. Ich frage sie dann: »Was hast du denn?« Aber sie zuckt nur mit den Schultern. Manchmal murmelt sie: »Das verstehst du nicht …« Was verstehe ich nicht? Niemand weiß das. Danach antwortet sie nicht mehr.

Niemand kann es ihr mehr recht machen. Auch zwischen den Lehrern und ihr gibt es immer mehr Spannungen. Immer wieder machen sie Bemerkungen wie: »Camille, Sie sind doch eine intelligente Schülerin, was ist los mit Ihnen?« Dann verdreht sie seufzend die Augen. Es geht das Gerücht, dass die Sozialarbeiterin sie auf Bitte von Madame Ravel zu sich bestellt hat. Madame Ravel hat wohl die Befürchtung, dass Camille Cannabis konsumiert. Ich halte das für abwegig, denn ich wäre die Erste, die davon wüsste.

Gestern bin ich bei ihr zuhause vorbeigegangen, während sie Chinesisch hatte. Das ist der einzige Kurs, in dem wir nicht zusammen sind. Carole, ihrer Mutter, geht es wie mir: Sie macht sich große Sorgen, ohne genau zu wissen, warum. Wir kennen uns gut, seit ewigen Zeiten. Und wir haben uns ausgetauscht. Zuhause schließt sich Camille stundenlang in ihrem Zimmer ein und sitzt vorm Computer. Mit Carole redet sie nicht mehr. Im Wohnzimmer hat sie ein Bild von Klimt abgehängt und ihrer Mutter erklärt, dass man sich auf diese Weise »vor dem Teufel schützen« könne. Carole hat das nicht verstanden. Als sie am Abend nochmal mit ihr darüber reden wollte, hat Camille sie abblitzen lassen: »Das verstehst du nicht, vergiss es einfach.« Und das ist noch nicht alles: Sie hat Familienfotos zerrissen, die in ihrem Zimmer an der Wand hingen. Carole hat die kleinen Fetzen im Papierkorb neben ihrem Schreibtisch entdeckt und war völlig aufgelöst. Camille verhält sich auch in anderer Hinsicht merkwürdig: Wenn sie zu ihrer Mutter ins Auto steigt, stellt sie sofort das Radio aus, egal ob gerade Musik kommt oder Nachrichten laufen. Auch das erklärt sie nicht, und wenn Carole ihr Fragen stellt, zieht sie sich in ihr Schneckenhaus zurück. Seit zwei Wochen ist sie nicht zum Klavierunterricht gegangen. Ihre Mutter fragt sich, ob es da einen Zusammenhang gibt … Ich weiß nicht, was ich dazu sagen soll. Camille hat immer leidenschaftlich gern E-Piano gespielt. Seit drei Jahren schickt sie mir jeden Abend per WhatsApp ihre neuen Stücke. Warum sollte sie plötzlich damit aufhören wollen? Ich habe nicht die geringste Ahnung. Carole ist außerdem besorgt, weil ihr Mann vergangenes Wochenende einen ziemlich harten Streit mit seiner Tochter begonnen hat: Camille hatte alle alkoholischen Getränke im Haus ausgeleert. Ihr Vater hat ihr eine Woche Zeit gegeben, um »wieder normal zu werden«, und angekündigt, dass er andernfalls »Maßnahmen ergreifen« werde. Normalerweise erzählt mir Camille immer, wenn sie Ärger mit ihrem Vater hat. Sobald unsere Eltern schlafen, starten wir dann unser »Kummerkasten«-Programm. Auch mein Vater geht mir manchmal auf den Wecker … Ich verstehe nicht, dass sie mir nichts gesagt hat. Carole war schockiert über Camilles Verhalten: Sie wirkte vollkommen gleichgültig, als höre sie gar nicht, was ihr Vater sagt. Sie, die sonst so sensibel ist, die wegen einer Winzigkeit in Tränen ausbricht. Da war sie wie aus Stein. Als sei sie ganz woanders.

Als ich gehe, fühle ich mich elend. Tief in mir drin spüre ich, dass sich da etwas Schlimmes anbahnt, aber ich kann weder sagen, woher es kommt, noch was es ist. Mir fällt auf, dass Camille mit mir nicht mehr über Jean spricht, nicht einmal über Steven. Vorher haben wir jeden Abend gelästert: »Mann, hast du gesehen, welche Farbe sein T-Shirt hatte? Zu der marineblauen Hose? Also ehrlich, das geht ja gar nicht!« Oder wir haben uns im Sportunterricht über sie lustig gemacht. Über Jean oder Steven gab es immer irgendwas zu sagen. Jetzt scheint auch Steven für sie gestorben zu sein.

## Camille

Wenn Sarah oder die anderen mich ansehen, möchte ich ihnen am liebsten ins Gesicht schreien: WAKE UP! Wacht auf! Los! Seid nicht so lethargisch! Wie die Zombies stehen sie vor mir und fragen mich, wie es mir geht. Wie soll ich ihnen begreiflich machen, dass es mir gut geht und dass sie es sind, denen es richtig schlecht geht!

Irgendwie fühle ich mich seit einigen Wochen so erleichtert. Am Anfang war es hart, aber jetzt verstehe ich, warum ich mich so oft unwohl gefühlt habe. Das ging schon so lange … Mama sagt immer, ich sei überempfindlich. Aber es sind die anderen, die sich schützen. Sie wollen der Wahrheit nicht ins Gesicht sehen. Die Erwachsenen werden blind, um in dieser feindseligen und ungerechten Welt zu überleben. Und sie werden zu Lügnern. Jetzt wird mir das alles klar. Ich bin anders als meine Schulkameraden, weil ich Dinge wahrnehme, die sie nicht sehen. Ich habe eine größere Auffassungsgabe. Deshalb leide ich auch mehr … Auch das sagt meine Mutter oft: »Du bist nicht für dieses Jahrhundert geboren.« Der beste Beweis dafür ist, dass Sarah angesichts dieser offenkundigen Tatsachen nicht reagiert hat. Sie fand es »sehr interessant«. Das ist wirklich merkwürdig, denn sie ist so reif und so stark.

Ich habe versucht, wenigstens meine Eltern vor den satanischen Mächten zu schützen, die von überall her in unser Leben drängen, um uns einzulullen. Zuerst habe ich das angebliche Kunstwerk mit dem Paar abgehängt, das über dem Sofa hing. Dieser Maler benutzt wie zufällig nur Dreiecke, das Wahrzeichen der Freimaurer. Er versucht gar nicht erst, seine Verbindung zu den Geheimgesellschaften zu verbergen. Aber meine Eltern sind offenbar blind und taub geblieben, so wie Abucobra al-Faransi* es mir vorhergesagt hatte. Was für ein Glück, dass ich ihn getroffen habe, er kam wie gerufen. Er hat mir eine Freundschaftsanfrage geschickt, und ich habe ohne Zögern »ja« geklickt. Ich fand es lustig, dass sein Pseudonym keine tiefere Bedeutung hat. Schon nachdem wir ein paar Nachrichten hin und her geschickt hatten, waren wir einander ganz nah. Er hat mir die Augen für die Wahrheit geöffnet. Dank ihm habe ich erkannt, wie sehr meine Eltern durch den Westen geprägt sind. Man kann nichts dagegen tun, Gott lenkt, wen Er will, Er entscheidet. Meine Eltern sind von den finsteren Mächten der Geheimgesellschaften genauso einge-

---

* Arabisch für: Abucobra aus Frankreich

lullt worden wie alle anderen auch, nicht mehr und nicht weniger. Vielleicht gehört mein Vater ihnen sogar an, das würde erklären, warum er in seiner Bank so ein hohes Tier ist. Vielleicht gilt das auch für meine Mutter, in der Werbung … Genau wie für meine Lehrer. Mir ist klar geworden, dass ihr ganzer Unterricht darauf abzielt, uns zu manipulieren. Ganz zu schweigen von den Medien. Mittlerweile weiß ich: Sie sind noch schlimmer als die anderen. Abucobra al-Faransi sagt, man könne nur Journalist werden, wenn man einen guten Draht zu den Zionisten hat. Sie sind es, die die Geschicke der Welt in Wirklichkeit lenken. Kein Wunder also, dass es keinen einzigen muslimischen Moderator gibt. Ich fange an, mich zu schützen, ganz allein, wie eine Große, schließlich lebe ich inmitten von Eingelullten. Ich habe mich von allem abgewandt, was mich vom Licht ablenkt, von allem, was der Aufgabe, die mich erwartet, im Wege steht: von Musik, von Bildern, vom Kino, vom Fernsehen, von oberflächlichen Büchern und von Steven. Abucobra hat nachdrücklich auf diese Dinge hingewiesen. Er hat mir genau erklärt, wie die unterschwelligen Botschaften des Schaitans* durch sie zu uns gelangen. Wenn zum Beispiel deine Eltern eine Platte der Beatles hören, merken sie gar nicht, dass in Wirklichkeit eine andere Stimme zu ihrem Unterbewusstsein vordringt und ihnen einflüstert:

---

* arabisches Wort für »Teufel«

»fuck Jesus, fuck Jesus«. Deshalb glaubt kein Franzose mehr an Gott. Sie nennen das »Säkularisierung der Gesellschaft«, doch in Wahrheit sind sie Opfer teuflischer Machenschaften, ohne sich dessen bewusst zu sein. Die echten Muslime, also die, die sich nicht haben einlullen lassen, sind schlauer. Um sich zu schützen, verbieten sie die Musik.

Auch Steven hat mich gestört. Anstatt mich auf meine Erweckung zu konzentrieren, habe ich an ihn gedacht. Abucobra hat gesagt, dass man sich entscheiden muss: für den Weg zur Wahrheit oder für das Vergnügen. Ich habe mich entschieden. Damit ich verstehe, was auf mich zukommt, hat er mir neue Videos geschickt. Darin wird es ernst. Ich erfahre, dass Muslime überall auf der Welt verfolgt werden, ohne dass jemand eingreift. In Burma, in Zentralafrika, in Palästina und jetzt in Syrien. Kinder werden gefoltert und umgebracht! Und niemand schert sich darum. Ich sehe mir ein Video nach dem anderen an, bis mir schlecht wird. An Schlafen ist nicht zu denken, ich kann mich einfach nicht vom Computer losreißen. Abend für Abend sitze ich davor, wie ein Magnet zieht es mich an. Hier das singende kleine Mädchen, das von einer Bombe getötet wird; dort die Mutter, die sich beim Anblick ihres toten Babys den Schleier herunterreißt … Und dann dieser Junge, der mit dem Tod ringt, weil er Opfer des Giftgasangriffes von Baschar al-Assad geworden ist. Ich kann an nichts anderes mehr denken. Ich werde zu ihren Rettern gehören. Nie mehr werde ich mich einlullen lassen, das schwöre ich!

Was ist das Geheimnis dieses wahrhaftigen Islam, der die Welt retten könnte? Abucobra hat mehrfach betont, dass ich mich mit meiner Rekonversion* nicht beeilen muss. Denn ich bin bereits Muslimin, ohne es zu wissen. Alle Menschen sind Muslime, ohne es zu wissen. Die satanischen Mächte, die auf unsere Erziehung Einfluss nehmen, haben uns vom Weg der Wahrheit abgebracht. Gott hat mich auserwählt, damit ich auf diesen Weg zurückkehre. Ich bin auserwählt, damit ich diese verdorbene Welt erneuere. Das weiß ich, das spüre ich. Warum sollte ich also noch warten? Ich muss nur einen Satz sagen … Ich werde zwei Kerzen anzünden – nur als Augenzwinkern in Richtung meiner Oma, die mich sonntagmorgens immer mit in die Kirche genommen hat, um dort Kerzen anzuzünden. Und ich werde das Glaubensbekenntnis** sprechen, das so viele Muslime nicht achten, weil auch sie eingelullt sind …

»Ich bezeuge, dass es keinen Gott gibt außer Allah, und ich bezeuge, dass Mohammed sein Gesandter ist.«

---

* Die Rekrutierer erzählen den Jugendlichen, dass alle Menschen als Muslime geboren und nur durch ihre Erziehung vom Islam entfremdet werden. Wenn sie also konvertieren, ist dies nicht einfach eine Konversion (Änderung der Religionszugehörigkeit), sondern eine Rekonversion, eine Rückkehr zum Ausgangspunkt.

** Um Moslem zu werden, genügt es, das Glaubensbekenntnis zu sprechen.

Bei Allah, das ist so beruhigend. Dies ist der schönste Tag meines Lebens.

Zum ersten Mal fühle ich mich frei und glücklich. Ein innerer Frieden erfüllt mich. Ich fühle mich durch meinen allmächtigen Schöpfer geschützt. Jetzt muss ich diese kalte Welt nicht mehr allein durchwandern. Er füllt eine Leere in mir, gibt mir einen neuen Atem.

# 4

## Sarah

Camille wird immer abweisender. Ihr Gesicht hat sich verändert. Sie schminkt sich überhaupt nicht mehr, nicht mal mehr einen winzigen Strich schwarzen Kajal, den wir schon mit elf heimlich gezogen haben. Sie zupft sich auch nicht mehr die Augenbrauen. Wenn ich sie nach dem Grund frage, erwidert sie knapp, dass das Licht in ihr Gesicht bringt. Dann sieht sie mich an, als würde ich sie anwidern. Das wirkt, ehrlich gesagt, ziemlich seltsam. Außerdem zeigt sie keinerlei Gefühlsregungen mehr. Wo ist die Camille, die immer mein Lächeln erwiderte? Sie wirkt wie ein ausgestopftes Monster. Wenn ich sie ansehe, läuft es mir kalt den Rücken runter. Fast macht sie mir Angst. Letzte Nacht habe ich geträumt, dass sie im ganzen Körper Krebsmetastasen hat. Wenigstens wüsste man dann, wie man ihr helfen kann. Mittlerweile kehren ihr alle den Rücken zu. Aber ich werde sie nicht aufgeben. Camille ist meine Freundin, meine zweite Hälfte. Wir haben so viel zusammen gelacht. Ohne sie kann ich unmöglich weitermachen. Ich kann an nichts anderes mehr denken.

Also beschließe ich eines Abends, ihr zu folgen. Ich weiß nicht genau, wonach ich suche. Vermutlich nach dem unsichtbaren Feind, dem, der meine Camille getötet hat. Oder ganz einfach nach einer Erklärung, einem Grund, irgendetwas … Nach dem Unterricht geht sie an mir vorbei, als würde sie mich nicht kennen, mit dieser verschlossenen Miene, die inzwischen typisch für sie ist. Mit gesenktem Kopf, den Blick ins Leere gerichtet. Sie geht schnellen Schrittes zu einer Straße, durch die sie normalerweise nicht nach Hause geht. 200 Meter weiter – nanu? – verschwindet sie in einem Hauseingang. Ich traue mich nicht, näher heranzugehen, sonst bemerkt sie mich noch. Sie kennt mich zu gut: meine Gesten, mein Zögern, meinen Gang, mein Atmen … Sogar mein Schweigen kennt sie. Also warte ich mit klopfendem Herzen. Die dicke Holztür öffnet sich, und eine schwarze Silhouette tritt heraus. Man kann weder den Körper, noch das Gesicht, noch die Augen erkennen. Ich verstehe nicht gleich. Ich warte immer noch auf meine Camille. Nach zehn Minuten gehe ich schließlich näher heran. Es ist niemand mehr da. Da begreife ich endlich: Die Frau in Schwarz, mit Camilles Rucksack … diese Frau in Schwarz, das war Camille.

## Camille

Bevor ich die Welt erneuere, erneure ich mich selbst. Wie froh mich das macht … Abucobra hatte recht: Sich zu verschleiern ist eine Befreiung. Komisch, dass Sarah sich nicht verschleiert.

So bin ich rundum geschützt vor den feindlichen Mächten. Nichts kann mir mehr etwas anhaben. Ich bin unbesiegbar. Liegt es an meinem Nikab, der wie ein Schutzschild wirkt? Oder ist Gott so zufrieden mit mir, dass er mich ganz besonders beschützt? Abucobra sagt, beides sei richtig. Noch nie in meinem ganzen Leben habe ich mich so gefühlt. Mir ist, als schwebe ich über dieser ganzen Menschenmasse, die ohne Urteilsvermögen und ohne Gewissen durchs Leben geht. Doch diese ganzen Ignoranten, diese Heuchler, diese Verirrten können mir nichts anhaben. Sie betrachten mich aus der Ferne, aber sie reden nicht mehr mit mir. Sie meiden mich sogar: Einige wechseln die Straßenseite. Auch die Männer nehmen mich nicht mehr wahr. Umso besser. Sie haben mir immer Unbehagen bereitet, vor allem unser Nachbar, der mir schon früher immer anzüglich zugrinste, während seine Frau die Kinder ins Auto setzte … Nun werde ich zum Glück davon verschont. Ich habe mit dieser Welt nichts mehr zu schaffen, und sie hat mit mir nichts mehr zu schaffen. Wir Wahrhaftigen dagegen erkennen uns sofort. Neulich Abend habe ich von weitem eine auserwählte Schwester gesehen, eine wie mich. Sie trug einen dunkelbraunen Nikab. Sie kam gleich auf mich zu. Wir haben uns fest in den Arm genommen, als würden wir uns schon ewig kennen. Immer wieder hat sie gesagt: »*Maschallah**,

---

* Ausruf der Bewunderung oder Zustimmung

in diesem Viertel gibt es so wenige von uns …« Sie ist auch Konvertitin. Sie heißt Isabelle, hat aber den muslimischen Vornamen Iana angenommen. Ihre Eltern haben sie an ihrem achtzehnten Geburtstag vor die Tür gesetzt, aber Gott sei Dank hat sie einen Moslem der *haqiqa** geheiratet. Sie erzählt, dass sie bald in ein muslimisches Gebiet auswandern werden. Das macht mich traurig. Sie rät mir, mich für einen neuen Namen zu entscheiden, um mit meiner Vergangenheit als Ungläubige zu brechen. Ich erfahre, dass auch sie Abucobra kennt. Gott ist groß! Es gibt keinen Zufall. Abucobra hat sie bei ihren ersten Schritten geleitet. Sie hatte Hilfe gesucht, nachdem ihr Bruder bei einem Autounfall in ihrem Beisein ums Leben gekommen war. Sie wollte nicht mehr leben, bis sie auf Facebook Abucobra begegnet ist. Der wahre Islam hat sie gerettet: Nach ihrer Konversion hat sie genau wie ich inneren Frieden gefunden. Wir tauschen unsere Handynummern aus und verabreden uns für dieses Wochenende. Bei dem Gedanken, sie bald wiederzusehen, schlägt mein Herz gleich schneller. Ich habe sofort gewusst, dass sie mir ähnlich ist, dass sie das Gleiche empfindet, die gleichen Pläne hat. Im Grunde mag ich sie jetzt schon.

---

* Wahrheit. Auf seinem Weg zu Gott, durchläuft der Gläubige mehrere Stationen. Wer die Stufe der *haqiqa* erreicht hat, also die Wahrheit erkannt hat, interessiert sich nicht mehr für Besitztümer und Äußerlichkeiten.

Als ich zuhause ankomme, ist die Hölle los. Ich fühle mich ohnehin schon nackt und angreifbar, denn ich habe meinen besten Freund, meinen Nikab, abgenommen, ihn zusammengefaltet und ganz unten in meiner Tasche verstaut, unter meinem Geschichtsbuch. Abucobra hat ihn mir mit der Post zugeschickt. Er hat für mich einen Stoff ausgewählt, der nicht knittert, einen der teuersten; das hätte ich mir verdient, meinte er … Dann sehe ich, dass mein Vater, meine Mutter und Sarah vor meinem Zimmer auf mich warten. Als unsere Blicke sich treffen, ist mir klar, dass sie Bescheid wissen. Sie wissen, dass ich auserwählt bin. Um Kraft zu schöpfen, spreche ich tief in mir drin die *schahada**. Ich sage mir, dass Gott und Abucobra mich bestimmt hören. Abucobra hatte mich vorgewarnt: Wenn deine Familie und deine Freunde Bescheid wissen, werden sie versuchen, dich zur Vernunft zu bringen, Zweifel in dir zu wecken. Das ist normal, denn unbewusst spüren sie, dass du ihnen überlegen bist. Sie werden neidisch sein, weil sie nicht auserwählt sind. Der Schaitan wird in sie fahren und versuchen, dich zu verunsichern.

---

* Das muslimische Glaubensbekenntnis. Das ist der Satz, den Camille bereits bei ihrer Konversion gesprochen hat: »Ich bezeuge, dass es keinen Gott gibt außer Allah, und ich bezeuge, dass Mohammed sein Gesandter ist.«

5

## Sarah

Nach der Szene am Hauseingang musste ich das Ganze erst einmal verdauen. Dann bin ich zu Camilles Eltern gegangen, um ihnen behutsam beizubringen, dass ich eine Erklärung gefunden habe: Ihre Tochter ist von einem radikalislamischen Guru indoktriniert worden! Meine Großmutter mütterlicherseits hat zur Zeit der islamistischen Ausschreitungen in Algerien* in Algier gelebt, und sie hat mir oft davon erzählt, mit welchen Tricks diese Fanatiker arbeiten. Doch anstatt mir zuzuhören und zu versuchen zu verstehen, hat Camilles Vater vor Wut getobt. Mit einer solchen Reaktion hatte ich überhaupt nicht gerechnet. Er hat gebrüllt, dass diese Allah-Verrückten bei ihm zuhause nicht zu bestimmen hätten. Und dann ist er komplett durchgedreht: Er hat die Muslime beleidigt, meine Religion als mittelalterlich beschimpft, der Regierung vorgeworfen, dass sie »Moscheen wie Pilze aus dem

---

* Anspielung auf die Mitglieder der GIA (Groupe Islamique Armé), islamistische Gruppierungen, die während des algerischen Bürgerkriegs Gewalt- und Greueltaten verübten und auf den Dörfern unschuldige Zivilisten töteten.

Boden schießen lasse« und den Laizismus* nicht umsetze … Ich habe mir verkniffen, ihn daran zu erinnern, dass die Trennung von Kirche und Staat sich nicht gegen die Religionen richtet, sondern diese zu gegenseitigem Respekt auffordern soll. Wir haben das letztes Jahr gerade durchgenommen. Völlig außer sich hat er Camilles Zimmer auf den Kopf gestellt und dabei unter ihrer Matratze zwei Nikabs entdeckt, einen marineblauen und einen braunen, die um einen Koran gewickelt waren. Ich wollte nachsehen, ob es sich um eine Übersetzung aus Saudi-Arabien handelt, denn die rückständigen Islam-Übersetzungen werden von den Wahhabiten** verbreitet. Das hat mir meine Großmutter von frühester Kindheit an beigebracht. Aber Camilles Vater hat mir das heilige Buch aus den Händen gerissen und mit aller Kraft gegen die Wand geschleudert. Ich muss zugeben, dass es mich nicht gleichgültig gelassen hat, als ich den Koran gegen die Wand knallen und dann zu Boden fallen sah. Meine Großmutter ist immer so sorgsam damit umgegangen … Ich wagte nicht mehr, mich zu rühren oder zu sprechen. Carole ist zu mir gekommen. Sie hat still geweint und mir zugemurmelt: »Wir sind keine Rassisten, Sarah, das weißt du besser als jeder andere.« Ich fühlte

---

* Trennung von Staat und Kirche, die in Frankreich gesetzlich festgeschrieben ist.

** Politisch-religiöse Bewegung, die sehr archaische Interpretationen des Islam propagiert. Die meisten Wahhabiten leben in Saudi-Arabien.

mich elend. Bis jetzt waren Camille und ich immer gleich. Und plötzlich lässt sie sich indoktrinieren, und ihre Eltern sehen mich mit anderen Augen. Dabei ist es doch Camille, die in eine andere Welt aufgebrochen ist, nicht ich. Ich bin noch immer dieselbe … Da waren wir also, als Camille nach Hause kam.

Ich glaubte, ihr Vater würde sie schlagen. Carole hat sich die Tränen weggewischt und versucht, ihren Mann zu beruhigen. Die Atmosphäre war plötzlich so explosiv, dass Carole in Ohnmacht gefallen ist. Um Camille zu schützen, bin ich ihr nicht von der Seite gewichen. Sie weinte so heftig, dass sie sich übergeben musste. Sie tat mir so leid. Ihr Vater war regelrecht entfesselt. Er hat ihr ins Gesicht gesagt, dass sie nicht mehr seine Tochter sei, dass er sie nicht mehr in seinem Haus sehen wolle, dass sie ruhig zu diesen »muslimischen Barbaren« gehen könne, dass sie schon immer verrückt gewesen sei, dass sie die Schule schmeißen und eine Horde zurückgebliebener Kinder in die Welt setzen, ihrem Mann zu Füßen kriechen und ihr ganzes Leben eingesperrt zubringen könne, denn das wolle sie ja offenbar; dass ihm das scheißegal sei, dass er sie vergessen würde und so weiter. Ich habe versucht, die Dinge nach und nach richtigzustellen: »Die Muslime sind keine Terroristen, die Terroristen sind die Barbaren«, »Camille ist nicht verrückt, sondern sensibel, deshalb mögen wir sie doch, niemand kann sie vergessen«, »Sie denken doch nicht wirklich, was Sie sagen. Muslimische Frauen werden nicht im Haus eingesperrt, die erste Frau des Propheten war sogar seine Chefin«, »Bildung ist im Islam eine Pflicht, denn der Prophet hat gesagt, dass das Streben nach Wissen eine Pflicht für jeden Moslem und jede Muslimin ist«, »Camille ist unersetzlich«, »Doch, man kann sehr wohl an Gott glauben und vernünftig denken, wir sind doch nicht alle geistig zurückgeblieben« … Niemand hörte mir zu, es war, als sei ich gar nicht da. Plötzlich hat sich Camille aufgerichtet. Sie atmete immer noch schwer, aber sie weinte nicht mehr. Sie hat ihrem Vater direkt in die Augen gesehen und klar und deutlich gesagt: »Ihr seid sowieso bloß Kuffar*. Für mich seid ihr deshalb nichts mehr. Nichts, hört ihr?« Dann hat sie sich mir zugewendet: »Das Gleiche gilt für dich, hau ab, verschwinde!«

## Camille

Endlich allein mit Gott. Abucobra hatte mich gewarnt. Allah würde mir eine schwere Prüfung schicken, um meinen Glauben zu testen, aber auch, um zu sehen, wie sehr ich mich dafür

---

* Ungläubige (die nicht an Gott glauben). In der Einzahl heißt es »Kafir«.

einsetze. Denn wenn man wirklich glaubt, kann man in einer Welt von Ungläubigen und Heuchlern nicht untätig bleiben. Als ich nach Hause kam, wäre ich beinahe ins Wanken gekommen. Ich war zutiefst verletzt von so viel Hass. Es war ganz offensichtlich, dass der Teufel in meinen Vater gefahren war. Seine Augen traten aus ihren Höhlen. Er spuckte beim Sprechen. Seine Beine zitterten. Doch dann habe ich mich wieder gefangen. Ich habe mich daran erinnert, dass meine Eltern im Grunde nur neidisch sind. Die Armen, sie sehen nicht, was ich sehe, sie haben nicht meine Urteilskraft. Man sollte sie eher bedauern als ihnen etwas vorzuwerfen. Als meine Mutter in Ohnmacht fiel, hätte mich das beinahe berührt. Aber Abucobra hatte mich auch darauf vorbereitet. Ich wusste, dass es eine List des Teufels war, der in mir Zweifel an der Wahrheit säen wollte. Abucobra hatte mir eingeschärft: »Wenn du merkst, dass du traurig wirst, weil deine Mutter dich glauben machen will, dass deine Konversion ihre Gesundheit angreift, dann kannst du es vergessen, dann bist du nicht auserwählt. Vielleicht später, aber in diesem Fall bist du noch nicht bereit, ein Soldat Allahs zu sein.«

Ein Soldat Allahs ... Ich habe mir gleich vorgestellt, wie ich auf meinem Pferd sitze und mich aufmache, die armen Kinder zu retten, die dem Giftgas von Baschar al-Assad zum Opfer gefallen sind ... An meiner Seite mein Ehemann, ein Held, der mehr als fünfzig Witwen und hundert Waisen gerettet hat ...

Das war der Moment, in dem ich mich wieder gefangen habe. Ich habe den Schaitan besiegt. Ich habe mich daran erinnert, dass man sich entscheiden muss: zur Wahrheit finden oder sich verzetteln. Also habe ich mich konzentriert, um mit Allah in Verbindung zu treten, und das hat sofort gewirkt. Ich habe nichts mehr gefühlt. Die Beleidigungen konnten mir nichts mehr anhaben. Und die Albernheiten, die Sarah über den Islam erzählte, hörte ich kaum noch. Diese Tochter verirrter Eltern sollte wenigstens die Klappe halten. Sie kennt von ihrer Religion nicht mehr als ein paar Suren, die sie beim Beten aufsagt. Außerdem nimmt sie einfach so hin, dass sie die Gebetszeiten nicht einhalten kann. Wenn wir gerade Unterricht haben, holt sie das Beten abends nach. Abucobra verabscheut das zutiefst. Die Wahrhaftigen unterscheiden sich von den Heuchlern dadurch, dass sie die Gebetszeiten einhalten: Die, die nicht pünktlich beten, stellen die Gesetze der Republik über das Gesetz Allahs. Dabei wissen sie genau so gut wie wir, welche Strafe die Verweigerer nach dem Gesetz Allahs erwartet: schlimmste Höllenqualen. Im Grunde haben sie keine Ehrfurcht mehr vor Gott. Sie fürchten den Lehrer mehr als den Herrn! Die Wahrheit ist, man kann den wahren Islam nicht ausüben, wenn man in einem Land von Ungläubigen lebt. Deshalb sollte man seine Hidschra* vorbereiten.

---

* Der Prophet des Islam flüchtete von Mekka nach Medina, um den Ver-

Bis es soweit ist, hat Abucobra mir geraten, wie ein Reisender zu beten. Das ist eine spezielle Art des Betens für Gläubige, die auf Reisen sind. So werde ich Gott zeigen, dass ich in diesem Land von Kuffar nicht zuhause bin.

---

folgungen durch die Araber zu entgehen; diese Flucht oder Auswanderung bezeichnet man als »Hidschra«. Die Fundamentalisten reden den jungen Leuten ein, dass sie überall auf der Welt verfolgt werden und deshalb alle in den Irak oder nach Syrien auswandern müssten, um zum Territorium des Daesch zu gelangen, dem – wie sie sagen – einzigen Gebiet, in dem sie ihren Islam ungehindert leben dürfen …

6

## Sarah

Camille ist diese Woche nicht in die Schule gekommen. Ich rufe ihre Mutter an, die im Flüsterton mit mir redet, damit niemand sie hört. Camilles Verhältnis zu ihren Eltern wird von Tag zu Tag schlechter. Sie nimmt sie überhaupt nicht mehr wahr. Sie isst alleine in einer Ecke und ernährt sich ausschließlich von Nudeln und Gemüse. Carole fragt mich, ob Milchprodukte im Islam verboten seien. Ich verneine und erkläre ihr, was man unter Halal-Fleisch versteht: Man soll Gott zeigen, dass man ein Tier nur aus Notwendigkeit tötet und nicht zum Vergnügen. Das Tier darf keine Angst haben oder leiden, denn im Islam geht man davon aus, dass Tiere eine Seele haben. Plötzlich kommt es mir idiotisch vor, dieser armen Mutter das alles zu erzählen. Ihrer Tochter ist es völlig gleichgültig, wie sehr sie vor ihren Augen leidet. Camille hat alle Parfümfläschchen ausgeleert, auch den XXL-Flacon von Fahrenheit für Männer … Carole will wissen, warum. Ich habe nicht die geringste Ahnung. Trunkenheit ist im Islam verboten, aber mit Dior kann man sich ja nicht betrinken … Dann hat sie noch die japanische Porzellanpuppe aus der Bibliothek zertrümmert und die Pferdefigur, die im Wohnzimmer stand. »Mit dem Hammer«, präzisiert Carole stammelnd. In diesem Fall kenne ich, glaube ich, den Grund. Ich erkläre ihr, dass der Prophet die 360 Götzenstatuen der heidnischen Stämme, die vor der Offenbarung in Mekka lebten, zerstört hat, weil es dadurch immer wieder zu Rivalitätskämpfen kam. Jeder Stamm wollte seinen kleinen Gott oder seine kleine Göttin den anderen aufzwingen. Das Wort Islam bedeutet ursprünglich sowohl »Frieden« als auch »Unterwerfung«. Die Ursprungsidee war: Wenn alle sich demselben Gott unterwerfen, hält auch der Frieden Einzug. Aber einige Gruppierungen nutzen das aus, um den Jugendlichen einzureden, dass sich hinter jedem Bild der Teufel versteckt, der sie von Gott entfremden will. Carole erwidert, dass niemand je vor der Pferdefigur in die Knie gegangen sei und dass Camille ja wohl nicht so dumm sein könne, zu glauben, dass dieses Kunstwerk ein Gott ist. Ich schweige, denn ich weiß einfach nicht, was ich dazu sagen soll.

## Camille

Ich darf mich auf keinen Fall von meinem Weg abbringen lassen … Ich spüre, dass ich von einer reinen Hülle vor den bösen Mächten geschützt bin. Ich muss diese Linie weiterverfolgen und die Kontrolle behalten über den Raum, in dem ich mich bewege. Iana hat mir eine Liste all der Produkte geschickt, die Gelatine vom Schwein enthalten. Ich habe Gott versprochen, mich davon fernzuhalten. Schluss mit Bonbons, Lutschern, Schokoriegeln, Cornflakes, Brötchen, Croissants, Apfeltaschen, Joghurt … Sie hat mir auch eine unendlich lange Liste mit Zusatzstoffen geschickt, die ebenfalls voll mit Gelatine vom Schwein sind: E100 E101 E102 E103 E110 E111 E120 E123 E124 E125 E126 E127 E128 E140 E141 E142 E152 E153 E160a E160b E160c E160e E160f E161b E161g E163 E170 E210 E213 E214 E226 E234 E252 E270 E280 E322 E325 E326 E327 E328 E329 E334 E335 E336 E337 E338 E339 E340 E341 E400 E401 E402 E403 E404 E405 E406 E407 E408 E411 E412 E413 E414 E418 E420 E421 E422 E430 E431 E432 E433 E434 E435 E436 E440 E441 E442 E450 E460 E461 E462 E463 E464 E465 E466 E470 E471 E472 E473 E474 E475 E476 E477 E478 E480 E481 E482 E483 E488 E489 E491 E492 E493 E494 E495 E542 E550 E553a E553b E570 E572 E601 E620 E621 E622 E623 E630 E631 E632 E633 E634 E635 E640 E742 E901 E904 E905 E907 E913 E920 E921 E951 E1100 E1517 E1518 … Schwein ist tatsächlich überall drin, außer in Früchten und Gemüse. Reinheit muss man sich eben verdienen. Ebenfalls um mich zu schützen, habe ich mich einer Gruppe Schwestern angeschlossen, die in der *haqiqa* sind. Iana hat mir den Namen der Gruppe genannt, wir tauschen uns in mehreren sozialen Netzwerken aus: Snapchat, Twitter, Facebook und so weiter. Den ganzen Tag lang schicken wir uns Nachrichten. Zunächst religiöse Weisheiten, dann Ratschläge, wie man sie umsetzen kann. Ganz besonders mag ich Oumkaïs*, sie nennt mich »meine geliebte Perle« und verziert jeden ihrer Sätze mit rosa Herzen. Ganz am Anfang habe ich ihr mein Lieblingstier als Emoticon geschickt: die grüne Schildkröte. Doch sie hat mich daran erinnert, dass die Schildkröte eine Schöpfung Gottes ist und dass wir nicht das Recht haben, einen Menschen oder ein Tier abzubilden. Eigentlich wusste ich das, Abucobra hatte es mir schon erklärt. Ich habe mir Vorwürfe gemacht. Doch Oumkaïs hat mich beruhigt: »Gott ist barmherzig. Du hattest keine bösen Absichten, das ist die Hauptsache. Tu es einfach nicht wieder.« Noch nie habe ich mich jemandem so nahe gefühlt.

---

* Jugendliche, die in den Dschihad ziehen, legen sich häufig ein Pseudonym zu, auf arabisch *kunya* genannt, das bei Mädchen mit »Mutter von« (auf Arabisch oum) und bei Jungen mit »Vater von« (auf Arabisch abu) beginnt. So fühlen sie sich wie Erwachsene, auch wenn sie erst fünfzehn sind.

7

## Sarah

Hin und wieder erscheint Camille. Das Wort trifft es ziemlich gut: Sie erscheint …

Sie wirkt wie ein Geist. Sie hält sich ganz gerade, als hätte sie einen Besen verschluckt oder eher einen Presslufthammer. Ihr Gesicht wirkt nicht feindselig, es ist glatt und weiß. Ohne jegliche Gefühlsregung. Man kann nicht einmal erahnen, was sie denkt. Sie grüßt uns höflich, jeden auf die gleiche Weise. Meine beste Freundin misst mir keinerlei Bedeutung zu, als sei ich eine x-beliebige Klassenkameradin. Mir fällt auf, dass sie abgenommen hat, und ich muss an die Fragen ihrer Mutter zu den Milchprodukten denken … Wenn ich sie ansehe, wird mir ganz flau im Magen. Wie im Film, wenn Leute große Angst haben oder einen Menschen verlieren, der ihnen nahesteht; dann denken sie noch einmal an die schönen Momente in ihrem Leben. Auch ich denke dann daran, wie wir einfach überall in unbändiges Lachen ausgebrochen sind, im Bus, in der Klasse, auf dem Schulhof, in ihrem Zimmer, unter der Bettdecke, wenn wir bei ihr oder bei mir übernachtet haben … Je kühler sie mir gegenüber wird, desto öfter erinnere ich mich an die Momente der Wärme. Als würde ich mich an diese

Erinnerungen klammern, um sie nicht zu vergessen. Als sei dies meine einzige Chance, etwas von ihr zu bewahren. Denn es ist nicht viel übrig geblieben. Ich habe wirklich das Gefühl, dass das nicht mehr Camille ist. Sie ist da, ohne wirklich da zu sein. Obwohl sie ihren Nikab am Eingang zur Schule abnimmt, wirkt es, als sei sie unter ihrer Kleidung versteckt. Am liebsten würde ich ihr vorsichtig die schwarzen Handschuhe, die sie immer trägt und die am Ende der langen Ärmel ihrer weiten Tunika herausragen, abstreifen, um wenigstens ein kleines Stück meiner Camille wiederzufinden. Es würde mir so gut tun, ihre Haut zu berühren. Doch nichts davon ist zu sehen.

## Camille

Es fällt mir schwer, mich vom Computer zu lösen, denn dann fehlen mir meine Schwestern sofort. Wir sind wie die fünf Finger einer Hand, unzertrennlich. Wir haben die gleichen Gefühle und Empfindungen. Eine für alle, alle für eine. Oumkaïs sagt, dass wir uns nur durch die Geschlossenheit der wahren Gläubigen vor den Übeln des Westens schützen und der verfallenden Gesellschaft die Stirn bieten können. Auch Abucobra spricht von der Vorrangstellung der Gruppe. Wir müssen uns schützen, denn nur wenige von uns sind auserwählt worden, zur Wahrheit zu finden. Die anderen Muslime haben kein Urteilsvermögen und erkennen das Komplott um uns herum nicht. Sie sind passiv und Komplizen der Macht. Ganz zu schweigen von den Christen und den Juden. Langsam beginne ich zu verstehen, warum Iana mit ihrem Mann in muslimisches Gebiet auswandern will. Wenn man unter Ungläubigen lebt, ist sehr schwierig in der *haqiqa* zu sein. Alles ist darauf angelegt, uns vom rechten Weg abzubringen: Die halbnackten Frauen in der Werbung, der Alkohol, der überall herumsteht, die unzüchtigen Leute in der U-Bahn, das Nikab-Verbot und so weiter und so fort. Dass ich den Nikab nicht tragen darf, macht mir am meisten zu schaffen. Wenn ich hin und wieder in die Schule gehe, weil Abucobra mich darum gebeten hat, stelle ich mir vor, dass mein Nikab mich umhüllt, denn nur so finde ich die Kraft, das durchzustehen. Dafür muss ich mich ungeheuer konzentrieren. Ich fühle mich nackt, aber ich tue so, als hätte ich meinen Nikab an. So bleibe ich allen meinen Feinden überlegen und unbesiegbar. Sie können mir nichts anhaben. Mein Nikab ist meine Rüstung, er ist eine Grenze, die sie zurückhält. Ich habe Abucobra darum gebeten, nicht mehr in die Schule gehen zu müssen, aber er ist dagegen. Er meint, dass wir dadurch Ärger bekommen würden, denn die Regierung deutet das Fernbleiben von der Schule als Zeichen für Radikalisierung. Der Schulleiter könnte mich anzeigen und so die Polizei auf mich aufmerksam machen. Die Konsequenzen wären verheerend, denn dann würden sie mich daran hindern, meine Hidschra auf heiligen Boden durchzuziehen. Sie leben nicht nur inmitten des Übels und der Sünde, sie wollen auch alle anderen dort mit hineinziehen. Das nennen sie »Zivilisation«. Und Auswandern wird mit Radikalisierung gleichgesetzt … Um ihnen zu entkommen, muss man also strategisch vorgehen. Gott ist mein Zeuge: Ich bin nur deshalb bereit, wieder für ein paar Stunden in meine Klasse zu gehen und dort mit Unreinen Kontakt zu haben, weil ich diesem Verfall dadurch schneller entfliehen kann. Abucobra hat mehrfach betont: Für einen edlen Zweck darf man Dinge tun, die Gott verboten hat. Einige Brüder haben gestohlen, um ihre Ausreise vorzubreiten. Für einen guten Zweck ist das erlaubt. Man muss von den Ungläubigen, den Heuchlern und den Verirrten stehlen. Den Unterschied zwischen den beiden Letzteren habe ich nicht ganz verstanden. Heuchler sind, glaube ich, Muslime, die nicht ehrlich sind und nicht bereit, für ihre Religion zu kämpfen. Die Verirrten sind die, die den Islam nicht so verstehen wie er verstanden werden muss. Gott erwählt die Wahrhaftigen* einen nach dem anderen, und *hamdulillah***, ich bin eine von ihnen.

---

* So nennen die Fundamentalisten ihre Gruppe, die in ihren Augen als einzige den »wahren Islam« versteht und im Besitz der »Wahrheit« ist.

** »Gott sei Dank«

# 8

## Sarah

Heute beginnen die einzelnen Gruppen der Klasse, ihre Referate zu halten. Ich frage mich, wie ich mit dem Referat über die Lebensmittelherstellung vorgehen soll, das ich zusammen mit Camille vorbereitet habe. Am Ende habe ich es allein fertig gestellt, da es einfach nicht möglich war, mit ihr zu reden. Soll ich ihr vorschlagen, dass sie es noch ergänzen kann? Dass sie es mit mir zusammen präsentiert? Ich zerbreche mir den Kopf darüber und weiß nicht, was ich machen soll. Immer wenn ich sie ansehe, wie sie da so völlig unnahbar ganz hinten im Klassenraum hockt, gefriert mir das Blut in den Adern, und ich verschiebe meine Frage auf später. Neulich hätte ich es fast gewagt. Ich hatte auf ihrem Gesicht ein kleines Zucken im Mundwinkel bemerkt. Dieses Zucken hatte ich schon lange nicht mehr an ihr gesehen, als seien ihre Ticks und Marotten ebenfalls rekrutiert worden. Doch gerade als ich meinen Mut zusammengenommen hatte und den Mund öffnen wollte, um sie in einem herzlichen Ton anzusprechen, hat Camille wieder ihre Madame-Niemand-Maske aufgesetzt. Sie hat mich aus der Entfernung abgeblockt. Ich war unfähig, mich zu bewegen. Ich habe mich zurückgezogen und war einige Sekunden wie versteinert, ein bisschen wie sie …

Dylan und Emma schalten den Beamer ein und holen den Adapter für ihren Mac. Ihr Thema wird angezeigt: Die Verschwörungstheorien rund um die Attentate. In ihrer Präsentation zeigen sie, dass jeweils vier Stunden nach den Attentaten im Internet Videos aufgetaucht sind, die Zweifel an der Identität der Terroristen säen sollten. Ein Mann erklärt uns, dass die französische Regierung ein paar Kleinkriminelle bezahlt hat, damit sie sich als Kouachi-Brüder ausgeben. Ihr Ziel dabei: Einen Krieg gegen die Muslime heraufzubeschwören, um die Bürger von der Wirtschaftskrise abzulenken. Dann zeigen Dylan und Emma ein Bild, auf dem man erkennen kann, dass der Umriss des »Je suis Charlie«-Trauermarsches der Form des Staates Israel entspricht. Die beiden Vortragenden erklären uns, dass sie eine Weile gebraucht haben, um dahinter zu kommen: Die Urheber dieser Montage im Netz haben den Stadtplan von Paris so lange verzerrt, bis der Umriss der Demonstration die Form von Israel hatte.

Madame Ravel eröffnet die Diskussion und fragt nach den Konsequenzen solcher Theorien. Dylan antwortet, dass damit Zweifel gesät werden und man nicht mehr weiß, wem man glauben soll. »Das ist das Ziel«, bestätigt Madame Ravel. »Der Jugendliche weiß nicht mehr, was richtig und was falsch ist, er misstraut den Erwachsenen in seinem Umfeld. Und vor allem der Regierung. Also glaubt er nicht mehr an die Politik und zieht Lösungen von Zauberhand vor. Wenn man keine politische Richtschnur mehr hat, flüchtet man sich ins Göttliche.«

Ich öffne den Mund, um meine Meinung zu sagen, doch da springt Camille plötzlich auf. Sie ist ganz rot im Gesicht und brüllt mit einer Stimme, die ich noch nie gehört habe: »Ihr redet ohne zu wissen! Ihr glaubt zu wissen, aber ihr wisst nicht, dass ihr glaubt! Ihr Ignoranten, ich ertrage es nicht länger, euch zuzuhören!« Dann stößt sie ihren Stuhl mit einem heftigen Fußtritt um, schnappt sich ihre Tasche und verlässt den Klassenraum mit lautem Türknallen.

Niemand rührt sich, niemand sagt etwas. Nicht einmal Madame Ravel. Mein flaues Gefühl im Magen steigt mir bis in die Kehle hoch. Ich weine nicht, und trotzdem sind meine Wangen feucht. Meine Tischnachbarin gibt mir ein Taschentuch.

## Camille

Ich ärgere mich schwarz, dass ich in der Klasse ausgerastet bin. Abucobra und Oumkaïs hatten mich doch vor ihrer Ignoranz gewarnt! Ich sollte mir nichts anmerken lassen, denn Unwissende versuchen zu entzweien, um besser herrschen zu können. Jetzt möchte ich nur eines: mit meinen Schwestern sprechen. Ich öffne den ersten der YouTube-Links, die sie mir geschickt haben, während ich in der Schule war: Ein weinender Scheich* verkündet das Ende der Welt. Er spricht mit Grabesstimme. Bilder von explodierenden Gebäuden ziehen vorbei. Dann öffnet sich die Erde und verschlingt alle Autos und Trümmer. Überall brennt es. Einen Abschnitt sehe ich mir dreimal an: »Und an diesem Tag werdet ihr ohne Schutz sein, nichts wird euch verborgen bleiben. Möge Allah euch schützen, Männer und Frauen, die ihr mit bloßen Füßen dort versammelt seid. An diesem Tag wird der Mensch vor seinem Bruder fliehen, vor seinem Vater und seiner Mutter, seiner Frau und seinen Kindern, denn ein jeder wird sich nur um sein eigenes Schicksal kümmern und darüber nachdenken, wie dieser Tag enden und wohin er ihn führen wird. Ins Paradies oder in die Hölle mit unendlichen Qualen …« Dann beschreibt er die Qualen, die die Nicht-Muslime am Tag des Jüngsten Gerichts erleiden werden. Während des gesamten Videos schluchzt er wie ein kleines Kind, und auf jedes Schluchzen folgt ein Echo, als sei er in einer Höhle. Mir läuft es kalt über den Rücken, und ich sage mir, wie glücklich ich mich schätzen kann, auserwählt zu sein.

---

* Arabischer Ehrentitel, »Geistiger Führer«

Dann sehe ich mir die Weisheiten von Oumkaïs an, die sich anschließen:

»Niemand tritt zufällig in dein Leben, alle haben etwas, das sie dir mitgeben.«

(Imam Ibn Taimiya).

»Nicht ein Kleidungsstück oder ein islamischer Name machen uns zu Musliminnen, sondern unser Handeln.«

»Die größte Strafe für das Herz ist seine Sorglosigkeit, es erinnert sich weder an das Paradies, noch an die Hölle.«

(Scheich Salih Ali asch-Schaich)

»Der Schaitan hat kein Telefon, und doch hören ihn viele, wenn er sie anruft. Wenn das Gebet dich ruft, lässt du es auf dem Anrufbeantworter. Pass auf, denn der Tod wird dich anonym anrufen ...«

»Ich bin plötzlich aufgewacht und habe ein seltsames Licht gesehen. Das Licht im Zimmer war jedoch ausgeschaltet. Ich sah auf die Uhr: Es war drei Uhr morgens. Woher kam also dieses ganze Licht? Ich sah, wie mein Arm die Wand durchdrang, da habe ich ihn schnell zurückgezogen. Ich hatte Angst. Dann hörte ich jemanden kichern. Ich drehte mich um und sah meinen schlafenden Bruder. Ich stand auf und versuchte, ihn zu wecken. Er reagierte nicht. Ich ging ins Schlafzimmer meiner Eltern. Ich rief sie, ich schüttelte sie, aber sie reagierten nicht. Und dann stand meine Mutter auf. Sie sah mich nicht an, sie sprach nicht mit mir. Sie wiederholte immer wieder

Allah ar-rahman ar-rahim*. Sie weckte meinen Vater und sagte zu ihm: ›Ich möchte sicher sein, dass es den Kindern gut geht.‹ Mein Vater antwortete: ›Lass mich schlafen, ich muss morgen arbeiten.‹ Doch meine Mutter ließ nicht locker, und da sie so beharrlich war, gab er schließlich nach.

Ich fing an, sie zu rufen, zu schreien. Ich legte meine Hand auf ihre Schulter. Ich wollte, dass sie mir zuhört, aber sie merkte nichts, und niemand antwortete mir. Ich folgte ihnen bis zu meinem Zimmer. Sie gingen hinein und schalteten das Licht an, doch für mich machte das keinen Unterschied, denn für mich war es ja bereits erleuchtet. Was ich nun sah, überraschte mich, ja bestürzte mich. Etwas, das man nicht zu sehen erwartet. Ich sah meinen eigenen Körper! Ja, MEINEN KÖRPER. Ich sah mich an, und mir wurde klar, dass wir zwei waren. Wer ist das, und warum gleicht er mir? Ich begann, zu Gott zu beten, um diesem Traum, diesem Albtraum, ein Ende zu machen, aber ich wachte nicht auf. Meine Mutter versuchte, die Person, die an meinem Platz schlief, zu wecken, doch sie reagierte nicht. Mein Vater fühlte ihren Puls, und da sah ich, dass ihm Tränen über die Wangen liefen. Es war das erste Mal, dass ich ihn weinen sah. Meine Mutter schrie hysterisch. Ich stellte mich neben sie und sagte zu ihr: ›Hör auf zu

---

* Diese *basmala* genannte Anrufungsformel sprechen Muslime vor zahlreichen Handlungen. Sie bedeutet: »Im Namen des barmherzigen und gnädigen Gottes.«

weinen, ich bin hier, sieh mich an!‹ Ich schrie: ›ICH BIN HIER!!!‹ Niemand beachtete mich. Da hörte ich eine leise Stimme, die etwas murmelte. Und plötzlich wurde ich von zwei Wesen an den Armen gefasst. Es waren keine menschlichen Wesen. Ich hatte Angst und flehte sie an, mich loszulassen: ›Wer seid ihr, und was wollt ihr von mir?‹ Sie sagten: ›Wir sind deine Wächter bis zum Grab.‹ Ich erwiderte: ›Warum? Ich bin am Leben, ich spreche, ich sehe, ich fühle, ich bin nicht tot!‹ Sie antworteten mir lächelnd: ›Ihr Menschen glaubt, der Tod sei das Ende. Und ihr wisst nicht, dass das, was ihr erlebt habt, nur ein kurzer Traum ist, der mit eurem Tod endet.‹ Sie schleiften mich bis zu meinem Grab, und unterwegs sah ich Leute, die sich zerfleischten, andere schrien und wieder andere lächelten. Ich fragte meine Wächter: ›Was ist mit ihnen?‹ Sie sagten: ›Diese Leute kennen ihr Ziel.‹ Und weiter: ›Du hast deinen Glauben nicht umfassend gelebt, du hast dich in den kurzzeitigen Vergnügungen des Lebens verloren und wirst in deinem zweiten Leben ebenso bleiben: VERLOREN.‹ Ich sagte: ›Ich komme also in die Hölle?‹ Sie antworteten: ›Gottes Barmherzigkeit ist unermesslich! Und der Weg ist weit.‹ Angsterfüllt sah ich mich um. Ich sah meinen Sarg, der von meinem Vater und meinen Brüdern getragen wurde. Ich sah meine ganze Familie, meine Onkel und alle, die mir nahestehen. Ich lief zu ihnen und rief: ›Betet für mich.‹ Die beiden Wächter packten mich und legten meinen Körper hin. Ich sah, wie meine Angehörigen Erde auf mich warfen.

Mir wurde klar, dass ich an ihrer Stelle jeden Tag zu Gott beten würde, damit Er mir alle meine Sünden vergibt. Ich schrie: ›Besinnt euch wieder auf Gott, betet dafür, dass Er euch vergibt.‹ Ich wünschte, dass mich jemand hören würde.

UND DU, DIE DU DAS LIEST! Hast du mich gehört?

O ja, meine Schwester, mein Bruder, der Tod kündigt sich nicht an …«

Bitte teilen. Das Teilen ist ein guter Rat für die anderen.

Ich nehme meine Waschungen vor wie ein Roboter, ziehe meinen Dschilbab* über, breite meinen Gebetsteppich aus und hoffe, dass niemand ins Zimmer kommt, denn dann könnte es sein, dass ich gewalttätig werde … Ich bin kurz vor einer Ohnmacht. Das ist Gott, der mir eine Prüfung schickt. Ich muss unbedingt beten, jetzt sofort.

---

* Oberbegriff für ein weites, den ganzen Körper bedeckendes Obergewand für muslimische Frauen.

# 9

## Sarah

Carole bittet mich vorbeizukommen, während Camille beim Psychologen ist. Die Sozialarbeiterin der Schule hat den Vorfall gemeldet, und die Polizei hat angerufen. Carole und ihr Mann haben alles erzählt, und ihr Gesprächspartner war sofort beunruhigt. Er hat ihnen erklärt, alles deute darauf hin, dass ihre Tochter vom radikalen Islam rekrutiert worden sei. Ich finde diesen Ausdruck idiotisch. Nicht der Islam ist radikal, sondern Camilles Verhalten. Außerdem, was weiß Camille schon über den Islam? Wie auch immer … Ihre Eltern haben sich am Tag darauf mit dem Leiter der Polizeipräfektur getroffen. Er hat ihnen zwei Dinge vorgeschlagen: einen Psychologen und ein Ausreiseverbot. Kaum jemand weiß das, aber innerhalb des Schengen-Raums kann ein Minderjähriger ohne elterliche Erlaubnis reisen. Die Dschihadisten haben diese Schwachstelle im Gesetz erkannt und nutzen sie, um Jugendliche ab 14 Jahren mit nach Syrien und in den Irak zu nehmen. Carole erklärt, dass sie sich vor allem nicht-muslimische Mädchen suchen, die vom Islam keine Ahnung haben. Das leuchtet mir ein. Dann sperren sie die Mädchen in ein großes Haus an der syrischen Grenze, ein sogenanntes *makar*, wo sie weder Wasser noch Elektrizität haben und nur wenig zu essen. Die einzige Möglichkeit, dort wieder hinauszukommen, liegt darin, einen Mann aus dem Katalog zu heiraten. »Da wird auch die Anzahl der Menschen genannt, die er getötet hat«, präzisiert Carole. Eine Heirat ist die einzige Hoffnung dieser eingesperrten Mädchen auf eine Dusche und ein wenig Nahrung. Ich sehe sie ungläubig an: Carole erzählt mir gerade, dass Camille in Gefahr ist, dem Frauenhandel am anderen Ende der Welt zum Opfer zu fallen, und zeigt dabei keinerlei Gefühlsregung, als ginge es um etwas völlig Banales. Ich fühle mich elend. Kann es tatsächlich sein, dass Camille Kontakt zu Dschihadisten hat? Zu echten Dschihadisten? Nicht einfach zu etwas archaischen, rückwärtsgewandten Imams? Das ist wie in einem schlechten Krimi. Die Stimmung ist surreal. Ich weiß, dass sie eine schwere Zeit durchmacht und dass sie nicht mehr sie selbst ist, aber es ist doch etwas völlig anderes, sich meine Camille als Frau eines Terroristen vorzustellen, die zwischen zwei abgeschlagenen Köpfen ihre Einkäufe erledigt …

Als ich gerade um weitere Erklärungen bitten will, bricht Carole in Tränen aus. Ich bin erleichtert. Diese Reaktion kann ich viel besser nachvollziehen. Bis eben kam es mir eher so vor, als würde sie ihre letzte Einkaufsliste aufsagen. Ich reiche ihr ein Taschentuch, und wir unterhalten uns in Ruhe. Sie erklärt mir, dass Camille Anzeichen für Brüche zeigt, die von den Experten als »Indikatoren für Radikalisierung« gewertet werden. Die Art, wie sie sich von allem abwendet: von mir, von der Schule, von ihren Hobbys, von ihren Eltern … So beginnt es offenbar immer. Es ist wohl so, dass die Menschenfänger ihre Beute von ihrer vertrauten Umgebung isolieren, um sie besser beeinflussen zu können. Doch die Präfektur meint, dass Camille schon die nächste Etappe hinter sich hat. Dass sie mit einer Gruppe in Verbindung steht, von der sie gelenkt wird. Ich wundere mich: Carole hat immer gesagt, dass Camille überhaupt nicht mehr aus dem Haus geht, dass sie sich nur noch in ihrem Zimmer einschließt. Wenn sie sich regelmäßig mit einer Gruppe treffen würde, wüssten wir das doch! Carole erklärt, dass das übers Internet läuft. Der Polizist hat von »virtuellen Familien« gesprochen. Die jungen Rekrutierten stehen Tag und Nacht über die sozialen Netzwerke miteinander in Verbindung und stacheln sich gegenseitig an. So entsteht wohl ganz allmählich ein Gefühl der Verschmelzung, und schließlich denkt die Gruppe anstelle des Individuums. Grob zusammengefasst heißt das: Camille hat sich in einer Gruppe von »neuen Freunde« aufgelöst, die sie nicht einmal kennt … Und diese neuen Freunde sympathisieren zumindest mit dem Daesch. Als ich diese Sätze höre, wird mir plötzlich alles klar. Das passt haargenau zu Camilles Verhalten. Sie ist zu einer Art hypnotisiertem Roboter geworden, der im Automatikmodus läuft.

Carole schreibt die Empfehlungen der Präfektur für mich ab: Sie sollen Camille an Erlebnisse aus der frühen Kindheit erinnern, damit sie wieder eigene Gefühle verspürt. Sie sollen »das kleine Kind, das noch immer in ihr steckt« zu neuem Leben erwecken. Carole spricht diesen Satz so deutlich aus, als wolle sie sich selbst davon überzeugen, dass es dieses »kleine Kind« noch gibt. Und niemand soll sie zurückweisen, denn die Menschenfänger vom Daesch reden ihrer Beute ein, dass die »anderen«, also »die, die nicht auserwählt sind, die Wahrheit zu besitzen«, sie aus Neid zurückweisen werden. Das ärgert mich ein bisschen, denn ich habe meine beste Freundin nie zurückgewiesen. Ich klammere mich an sie wie ein Blutsauger und lasse mich regelmäßig in den Dreck ziehen … Doch ich kehre immer wieder zu ihr zurück.

Carole entschuldigt sich: Sie weiß, dass ich alles tue, was in meiner Macht steht. Sie denkt eher an ihren Mann. Sie ist nicht sicher, ob er es schaffen wird. Als er aus der Präfektur herauskam, war er wütend auf die Regierung wegen der Sache mit der Ausreise ohne elterliche Zustimmung. Er hat vor sich hin geflucht: »Die haben gut reden, sitzen da oben in ihrem Büro … Die Verbindung zu unserer Tochter halten! Und wie soll das gehen? Sie isst nicht mehr mit uns, weil sie meint, dass überall Schwein drin ist, sie geht nicht mehr ins Kino, weil die Bilder Teufelszeug sind, Konzerte sind aus dem gleichen Grund verboten, sie macht keinen Sport mehr wegen des gemischten Unterrichts, in der Schule verweigert sie sich, weil die Lehrer dafür bezahlt werden, sie einzulullen … Jedes Mal wenn ich den Mund öffne, sieht sie mich an, als sei ich es, der sie indoktrinieren wolle! Wie soll ich denn da die Verbindung zu ihr halten?«

## Camille

Abucobra hat sich gleich um mich gekümmert. Ich war so frustriert seit meinem Fehlverhalten in der Schule. Ich wusste doch, dass ich an einer Kuffar-Diskussion niemals teilnehmen darf … Ich wusste auch, dass ich meine Überlegenheit nicht offenbaren darf. Und trotzdem hat mein Stolz gesiegt, und ich habe der ganzen Klasse das Urteilsvermögen enthüllt, das Gott mir gegeben hat – mit sofortiger Wirkung: Die Bullen sind zu mir nach Hause gekommen. Abucobra und die anderen haben so Recht. Die, die an der Macht sind, ertragen es nicht, wenn jemand im Besitz dieser Kraft ist, die von der Wahrheit ausgeht. Diese Madame Ravel muss das begriffen und die Kuffar-Regierung benachrichtigt haben. Abucobra hat mich beruhigt. Er hat mich daran erinnert, dass es nicht allein Madame Ravel war, sondern Allah, der mir eine Prüfung geschickt hat, denn Gott weiß alles und entscheidet alles. Und die Prüfung ist ein Gottesgesetz, das mehreren Zwecken dient: Sie kann Sünden wiedergutmachen (hoffen wir, dass mein Verhalten verziehen wird), den Glauben des Einzelnen bewerten, ihm ermöglichen, das Gute vom Bösen zu unterscheiden, den Wahrhaftigen vom Lügner und den Gläubigen vom Heuchler. Diese Erklärung hat mich sehr erleichtert! Denn eines steht fest: Um Vergebung zu erlangen, bin ich zu allem bereit. Abucobra hat außerdem gesagt, ich solle nicht unzufrieden sein und mich nicht über mein Schicksal beschweren. Oumkaïs und meine Schwestern wiederum haben mich mit islamischen Weisheiten überschüttet:

»Die Größe der Belohnung geht einher mit der Größe der Prüfung. Wenn Gott der Allmächtige die Menschen liebt, dann prüft er sie. Wer die Prüfung annimmt und sich selbst verleugnet, auf den sieht Gott mit Wohlgefallen; und wer ihm seine Unzufriedenheit zeigt, mit dem wird Gott unzufrieden sein.«

»Wisset, dass jene mit dem vollständigsten Glauben am meisten geprüft werden. Dafür müssen wir nur das Leben unseres Propheten ansehen.«

»Die Menschen, die am meisten geprüft werden, sind die Propheten, dann kommen jene, die ihnen im Grad des Glaubens nachfolgen. Der Mensch wird entsprechend dem Grad seiner Frömmigkeit geprüft. Ist sein Glaube fest, ist die Prüfung noch härter, und ist sein Glaube nicht fest, so wird er entsprechend dem Grad seines Glaubens geprüft. Der Gläubige wird immer wieder geprüft, bis er von allen seinen Fehlern reingewaschen ist.«

»Die Prüfungen stärken die Verbindung zwischen dem Diener und seinem Schöpfer.«

»Durch die Prüfungen erinnern wir uns an das Jenseits und die Niedertracht dieser niederträchtigen Welt, dieser *dunya**. Durch Unglück lernen wir, dass wir uns nicht übermäßig an diese Welt klammern sollten, denn dadurch würden wir das Jenseits vergessen.«

Plötzlich schäme ich mich für meine panische Reaktion. Wie konnte ich vergessen, dass ich nie allein bin? Die von Allah ernannten Engel wachen über mich und schreiben alles auf, was ich sage und tue. Jeder meiner Schritte, jeder meiner Gedanken, jede meiner Handlungen werden lückenlos registriert. Die Engel machen keinen Unterschied zwischen kleinen und großen Taten. Sie vergessen nicht, und sie täuschen sich niemals. Auch meine Todesengel warten. Sie warten darauf, dass meine mir vorbestimmte Zeit abläuft. Wenn dieser Moment gekommen ist, werden sie es sein, die sich meiner Seele annehmen. Am Tag des Jüngsten Gerichts werden sich alle diese Zeugen versammeln und mit der Erlaubnis Allahs sprechen; sie werden über mich Zeugnis ablegen. Erbarmen! Möge ich nicht zu denen gehören, die mit dem Gesicht nach unten zur Hölle geschleift werden …

---

* Das Leben auf dieser Erde, im Diesseits. Die Radikalen messen ihm keinerlei Bedeutung bei. Für sie zählt nur das Leben im Jenseits, in Gottes Nähe, im Paradies.

Dank der Schwestern habe ich gegenüber den Polizisten den Mund nicht aufgemacht. Sie wollten mich zum Reden bringen. Es gab einen guten und einen bösen, wie im Film. Ich bin vollkommen gleichgültig geblieben. Das hat sie in Rage gebracht. Sie haben geschwitzt wie die Schweine; ich war frisch wie eine Blume.

# 10

## Sarah

Heute Morgen hat Camille mich umarmt. Das kam so unerwartet, dass mir fast das Herz stehen geblieben ist. Sie hat sich die Augen schwarz geschminkt und trägt eine Jeans. Doch anstatt mich zu freuen, sehe ich sie an wie eine Fremde. Ich bin völlig verunsichert. Sie lächelt mich an, als wolle sie mir sagen: »Komm schon, lass uns das Ganze einfach vergessen, sei nicht nachtragend«, als hätte sie nur ein bisschen geschmollt, um mich zu ärgern. Ich täte nichts lieber als das und versuche, mich zu entspannen. Sie schiebt ihren Arm unter meinen und wiegt sich beim Laufen in den Hüften, so wie wir es immer getan haben. Ihre Stimme klingt wieder normal. Sie wirft mir kleine Spitzen zu, wie: »Ach, du wirst doch jetzt wohl keine Riesengeschichte daraus machen! Ich hatte einfach eine schlechte Phase, das ist alles … Ist nicht weiter schlimm … Mach dir keine Sorgen … Ganz ruhig … Mach dir keinen Kopf …« Aber es ist stärker als ich. Mein flaues Gefühl im Magen ist noch stärker als sonst. Ich gehe auf die Toilette, um durchzuatmen, auch wenn das nicht gerade der beste Ort ist, um frische Luft zu schnappen. Aber ich habe das dringende Bedürfnis, allein zu sein. Als ich zurückkomme, redet Camille ernsthaft mit Madame Ravel. Die beiden sehen sich in die Augen und scheinen eine Übereinkunft zu treffen. Alle sind jetzt zurück in der Klasse, um einen Test zu schreiben, und – o Wunder – Camille holt ihr Mäppchen heraus und beginnt zu schreiben wie alle anderen. Das hätte ich nicht für möglich gehalten. Normalerweise geht ihr Blick ins Leere, ganz gleich, was der Lehrer uns aufträgt. Doch anstatt die Dinge klarer zu sehen, verschwimmt alles in meinem Kopf. Da ruft die Polizei sie einmal zur Ordnung und schwups kommt Camille wieder zu uns zurück? Am Montag erzählen sie uns noch, dass Camille mit anderen Terroristen in Syrien den Tod suchen will, und am Donnerstag ist es, als sei nie etwas passiert? Ich habe das Gefühl, den Verstand zu verlieren. Bin ich es, die übertrieben hat? Haben ihre Eltern die Pferde scheu gemacht? Wenn ich Camille so ansehe, erscheint mir diese ganze Geschichte unverhältnismäßig. Ich glaube, wir sind alle einer Psychose zum Opfer gefallen. Wahrscheinlich hat sie eine kleine Phase der Sinnsuche durchgemacht, das kommt in unserem Alter offenbar häufiger vor. Das sagt jedenfalls meine Mutter. Aber die ist auch Psychologin … Phasen der Sinnsuche sind ihr Alltag. Sie hat von Anfang an versucht, meine Aussagen zu relativieren und war nicht begeistert, dass Carole sich mir anvertraut hat. Vor meinem inneren Auge ziehen etliche Bilder vorbei: Camille, wie sie lacht, Camille, wie sie arbeitet, Camille mit dem verschlossenen Gesicht, Camille erfüllt von Hass …

Meinen Test werde ich vermasseln. Ich kann mich beim besten Willen nicht an den Unterrichtsstoff erinnern. Ich habe mein Englisch komplett vergessen.

## Camille

Iana und ihr Mann haben die französische Grenze überquert. Die Brüder der *haqiqa* haben Iana versprochen, dass sie ein Krankenhaus leiten wird, in dem Kinder behandelt werden, die Opfer von Baschar al-Assads Giftgasangriffen geworden sind. Im Westen lassen sie uns jahrelang schuften, damit wir einen Beruf erlernen, und wir tun es für das Geld. Dort, in unserem heiligen Land, dem asch-Scham*, wirst du in zwei Monaten zur Krankenschwester oder Hebamme ausgebildet. Ianas Mann hat beschlossen, sich der Dawla** anzuschließen.

---

* Levante, ein Gebiet des östlichen Mittelmeerraums, das Syrien und Irak umfasst. Die Muslime glauben, dass die letzte Schlacht vor dem Ende der Welt hier stattfinden wird. Dort wird auch der Mahdi, der letzte Nachfolger des Propheten, erscheinen, um die Mächte des Bösen zu bekämpfen. Doch man weiß nicht, wer der Mahdi sein wird. Deshalb halten sich alle Dschihadisten für den Mahdi.

** Die Angehörigen des Daesch selbst nennen ihre Organisation Dawla (arabisches Wort für »Staat«). »Daesch« ist die arabische Abkürzung für

Er hat lange zwischen der Al-Nusra-Front* und dem Daesch gezögert. Die Brüder, mit denen er im Internet Kontakt hatte, waren von der Al-Nusra-Front. Aber in das Kalifat auszuwandern, ohne sich dem Kalifen zu unterwerfen, ergibt keinen Sinn. Außerdem hat ihm die Dawla ein großzügiges Gehalt versprochen. Er will gegen die Soldaten von Baschar al-Assad kämpfen, schließlich hat die internationale Gemeinschaft nicht einen Finger gekrümmt. Niemand schert sich darum, wenn Muslime umgebracht werden. Ob in Burma, in Zentralafrika, in Palästina, in Syrien … Iana und ihr Mann sind fest entschlossen. Sie haben sich gut vorbereitet: falsche Papiere, eine blonde Perücke und grüne Kontaktlinsen für Iana. Sie fahren mit dem Auto, und keinem Kafir wird es gelingen, sie aufzuspüren. Iana erwartet ein Kind. Ich bin so froh, dass sie es auf heiligem Boden wird großziehen können, wo es keine Diebe gibt, keine Vergewaltiger, keine Armen … Als sie meine leuchtenden Augen sah, hat sie mich beruhigt: Nur noch wenige Monate, dann sei ich volljährig. Wenn ich mich in der Schule nicht so aufgespielt hätte, hätte ich mit ihnen

---

»Islamischer Staat«; die Bezeichnung, die vor allem in Frankreich verbreitet ist, wird von all jenen verwendet, die sich weigern, die Machtergreifung durch die Terroristen als legitim anzuerkennen.

* Terroristische Gruppe, die aus al-Qaida hervorgegangen ist. Sie hat dem Daesch keinen Treueeid geschworen und will selbst die Macht übernehmen.

zusammen reisen können. Aber jetzt muss ich erst wieder unauffällig werden. Minderjährige werden stark kontrolliert. Im August werde ich nachkommen können. Ianas Mann kennt einen engen Vertrauten von al-Baghdadi, dem Kalifen*, der ihm eine schöne Villa reserviert hat. Ich darf mit meiner Familie in der ersten Etage wohnen. Iana hat versprochen, einen guten Mudschaheddin** als Ehemann für mich zu suchen. Ich stelle mir vor, wie ich, eingehüllt in meinen Nikab, Einkäufe erledige, zusammen mit meinem Ehemann, der bis zu den Zähnen bewaffnet ist und mich vor der ganzen Welt schützen wird … Ein Leibwächter, der mich liebt und respektiert. Er wird Tag und Nacht über mich wachen. Er wird mich lieben, weil er sich Allah unterworfen hat und weil ich mich Allah unterworfen habe; diese Liebe wird also ewig halten. Ich werde sein Diamant sein, und er wird mich in sein Schmuckkästchen schließen, um mich vor den anderen zu verbergen. Ich sehne mich so nach meinem Nikab, er fehlt mir so sehr … Oumkaïs drückt das in ihren Weisheiten immer so schön aus: »Die Frau ist ein Schatz, ihr Ehemann ist eine Festung, und Allah ist der Schlüssel zu einer sicheren Liebe.«

---

* Ein Kalifat ist ein Territorium, das die Autorität eines (arabischen) Kalifen anerkennt. Ein Kalif ist ein Nachfolger des Propheten Mohammed; er hat, wie Mohammed, sowohl die geistliche als auch die weltliche Führerschaft inne.

** Kämpfer für den Dschihad.

Dann ist es endgültig vorbei mit den anzüglichen Blicken der Kuffar. Vorbei mit den Andeutungen der Pseudo-Kumpel in der Schule, die uns nur ins Bett kriegen wollen. Auf heiligem Boden jedenfalls läuft eine Frau ohnehin keinem Mann über den Weg, denn sie geht nie allein aus dem Haus. Bald werde auch ich vor Unreinheit geschützt sein. Nur noch ein paar Monate, dann werde ich dort sein … Ich muss an den Nachbarn denken, der mir schon früher immer lüsterne Blicke zuwarf … Bei der Erinnerung wird mir ganz übel. Und zehn Jahre später sagt mein Vater immer wieder zu mir: »Ich werde dich vor dir selbst schützen! Ich werde dich einsperren lassen, wenn ich damit dein Leben rette!« Der Arme, er will mich vor dem wahren Islam schützen, dabei ist Allah der Einzige, der mich froh machen und mir Schutz geben kann. Das ist wirklich erschütternd.

11

## Sarah

Ich habe meine Camille wiedergefunden, aber sie will nicht bei mir übernachten oder mich zu sich einladen. Normalerweise verbringen wir mindestens einen Abend pro Woche gemeinsam, bei ihr oder bei mir. Carole meint, wir sollten sie nicht drängen. Sie ist so froh, ihre Tochter wieder zu haben. Sie gehen wieder zusammen ins Kino, backen leckere Kekse, quatschen miteinander … Ich hatte ohnehin nicht vor, mich aufzudrängen. Es irritiert mich einfach nur. Abgesehen von diesem Detail bin auch ich erleichtert. Wir haben wieder zueinander gefunden als wären wir nie auseinandergegangen. Es tut mir alles so gut: ihre Gesten, ihr Tonfall, ihr Geruch, ihr Lachen … Es ist, als hätte ich ein kleines Stück von mir selbst wiedergefunden. Wir sitzen wieder stundenlang in unserem Lieblingscafé, nippen an unserer Cola und reden über Jungs. Nach der Schule bummeln wir durch die Geschäfte, die gerade mit den Weihnachtsvorbereitungen beginnen. In den Galéries Lafayette legt sich Camille eine Girlande um den Hals. Die Leute sehen sie an und lachen. Sie ist wieder das verrückte Huhn, das ich so gut kenne; es ist ihr egal, was die Leute denken. Auf der Straße hüpft sie auf einem Bein und lästert unentwegt über alles, was sie sieht. Wie in den guten alten Zeiten … Wir greifen Weihnachten ein wenig vor, und ich kaufe ein Paar braune Handschuhe für meine Mutter, die zu ihrem Mantel und ihren Stiefeln passen. Camille kauft für ihre Mutter Parfum. Darüber freue ich mich sehr, denn ich erinnere mich noch gut, dass sie das Parfum ihres Vaters während ihrer Krise im Waschbecken ausgeleert hat …

## Camille

Iana und ihr Mann haben ihr Ziel erreicht. Sie sind ohne Probleme über die syrische Grenze gekommen. Allah ist wirklich der Größte, Er hat ihnen beigestanden. Sie haben ihre Villa noch nicht bezogen, denn Mustafa muss erst mal ins Trainingslager. Iana soll mit anderen Schwestern in der Nähe auf ihn warten. Ich freue mich für sie. Möge Gott auch mir beistehen! Nichts hat für mich mehr einen Wert auf dieser *dunya*. Früher bin ich so gern durch die Straßen geschlendert, durch die Parks gelaufen und durch die Geschäfte gebummelt … All das stößt mich jetzt ab, denn es gehört zu dieser Welt von Unwissenden und Ungläubigen. Seitdem sie beschlossen haben, mich nicht über die Grenze zu lassen, ist mein Hass ins Unermessliche gewachsen. Doch Abucobra hat strikte Anweisungen gegeben: Ich muss mich in eine normale und mit dem

Strom schwimmende Person verwandeln. Das bedeutet, dass ich mich ihnen so stark wie möglich angleichen muss. Er betont es immer wieder: Unauffälligkeit ist die beste Vorsichtsmaßnahme. Normalerweise unterscheiden wir uns von den Kuffar, weil wir nicht so sein wollen wie sie. Wir mischen uns nicht mit ihnen, weil wir unsere Reinheit bewahren wollen. Wir schützen uns mit unserer Sunna*-Kleidung und sprechen nicht mit ihnen. Aber hier geht es um die wirklich wichtigen Dinge. Die neidischen Kuffar wollen uns umzingeln, deshalb müssen wir sie täuschen. Ich muss wieder so werden wie sie, mich kleiden wie sie, sprechen wie sie, vielleicht sogar essen wie sie, wenn das der Preis ist, den ich zahlen muss, um ihnen zu entkommen. Ich darf keine Spuren hinterlassen, keinen Hinweis auf meine Wahrheit. Sonst sperren diese verirrten Kuffar-Hunde mich ein. Ich verabscheue sie alle: Wie können sie einfach so weitermachen, wo sie doch wissen, dass jede Minute ein Kind stirbt? Dadurch, dass sie nicht reagieren, machen sie sich zu Komplizen von Baschar al-Assad. Wie können sie es wagen, unsere Mudschaheddin als Terroristen zu bezeichnen? Muslimische Frauen zu vergewaltigen, Männer wegen ihrer Religion zu foltern, Moscheen zu zerstören, uns zu verbieten, den Nikab zu tragen? Ist das vielleicht kein Terrorismus? Sie nennen alles Terrorismus, was nicht zu ihrer

---

* Aus der Zeit des Propheten

Weltsicht passt. Unsere Helden nennen sie Terroristen, weil die sich ihrer Verfolgung widersetzen. Sie drehen alles um. Ihre Vorstellungen von der *dawla islamiya** sind nichts als Lügen. Sie wollen mich manipulieren, aber ich werde niemals eine Heuchlerin sein. Ich glaube, ich verliere den Verstand. Hört endlich auf mit eurem Blödsinn, ihr steht doch alle unter dem Einfluss der zionistischen Illuminaten und dieser verdammten jüdisch-christlichen Militärs, die unsere Brüder und Schwestern bombardieren. Sie töten und richten unter unseren Schwestern und Brüdern ein Blutbad an, und ihr seid genauso schuldig wie sie! Ihr beschmutzt die Seelen unserer Märtyrer. Wir werden kein Mitleid mit euch haben! Wir werden euch Gewalt antun, euch in Angst und Schrecken versetzen, denn wir haben unseren Teil davon schon gehabt! Ich will weg aus diesem Land, auswandern nach asch-Scham. Dorthin, wo das Kalifat die Scharia** einführen wird. Hier werden

---

* Islamischer Staat

** Scharia bedeutet wörtlich: »Weg, um die Gesetze Gottes zu respektieren«. Die Radikalen jedoch interpretieren dies nicht auf philosophische Art; sie meinen, dass alles, was im Koran festgeschrieben ist, auch genauso durchgeführt werden muss. Wenn also im Koran steht »Den Dieben hackt die Hände ab«, dann muss dies ihrer Meinung nach genau so geschehen. Sie denken nicht daran, stattdessen ein System zur Bekämpfung der Kriminalität einzuführen. In Syrien, aber auch in Saudi-Arabien, wird Dieben tatsächlich die Hand abgehackt.

wir von Gesetzen gedemütigt, die unseren Glauben verbieten. Ich muss Geduld haben und darauf warten, dass Allah mich befreit … Ich löse mich von dieser *dunya*, ich sage mich von allem los, das *taghut** ist, ich binde mich an das Jenseits und lebe nur für meine Religion. *Allahu Akbar, dawla islamiya baqiya!* Allah ist groß, der Islamische Staat wird sich durchsetzen, trotz eurer Hundemeuten, eurer Allianzen und eurer Kollaborationen. Trotz eurer Hinterlist, eurer Verleumdungen, eurer Hetzkampagnen, eurer Tricks und eurer Verschwörungen, *baqiya!* Trotz eurer Wut, eurer Verachtung und eures Hasses, *baqiya!* Trotz eurer Legionen und eurer Waffen, *baqiya!* Unsere Mudschaheddin sind Ritter der Weltrevolution.

* Das arabische Wort »taghut« ist von dem Wort »tughian« abgeleitet und bedeutet ursprünglich »überschreiten« oder »über die Grenzen hinausgehen«. Der Imam Malik definiert die Bedeutung wie folgt: »Taghut ist alles, was neben Allah angebetet wird.«

# 12

## Sarah

»Wie heißen Sie?«

Ich weiß nicht mehr genau, wie ich heiße. Irgendwas mit A …

»Können Sie uns erzählen, an was Sie sich erinnern?«

Ich sehe mich um. Alles ist weiß, ein Weiß, von dem einem schwindelig wird. Ein Weiß, das sich wie tot anfühlt … Alles dreht sich. Jemand sagt, dass ich meinen Kopf wieder hinlegen soll. Warum denke ich an den Tod, wenn ich Weiß sehe? Ich muss in einem Krankenhaus sein. Ja, na klar, um mich herum sind lauter Ärzte. Sie haben weiße Kittel an. Der größte von ihnen, ein Glatzkopf, befragt mich behutsam. Eine Frau fühlt meinen Puls. Ein Mann leuchtet mir mit einem grellen Licht in die Augen. Ein junger Mann prüft meine Reflexe. Meine Knie bewegen sich von ganz allein. Ich mag das Gefühl nicht, ich komme mir vor wie ein Hampelmann. Mein Körper gehorcht mir nicht mehr.

»Können Sie uns erzählen, an was Sie sich erinnern?«

Ich glaube, es ist Freitag der 13., aber ich bin nicht abergläubisch. Ich wollte Camille abholen, und dann wollten wir uns mit Emma, Dylan, Noémie und Hanna treffen. Wir gehen jeden Freitagabend zusammen weg. Um »in Bewegung« zu bleiben, wie wir so sagen. Heute Abend wollten wir auf ein Rockkonzert. Das ist eigentlich nicht so mein Ding, ich mag lieber Indie-Rock. Aber Dylan hatte schon vor langer Zeit Karten besorgt. Jeder ist mal an der Reihe auszusuchen, wo wir hingehen und kümmert sich um die Reservierungen. So zwingt man sich sogar am »faulen« Freitagabend, aus dem Haus zu gehen, obwohl man vielleicht lieber im eigenen Zimmer herumhängen würde … Camille war nicht zuhause, das war merkwürdig. Ich habe dann die anderen abgeholt, und wir haben beschlossen, zu Fuß zu gehen. Paris im Herbst ist sehr schön. Die Blätter färben sich, und das Licht ist so melancholisch. Wir haben Sushi gegessen und sind dann zum Bataclan gegangen. So, seid ihr jetzt zufrieden? Ich habe mich erinnert … Heute ist doch Freitag der 13., oder?

Der Arzt hat mir ein Zimmer zugeteilt. Sie warten darauf, dass ich mich an meinen Namen erinnere, damit sie meine Eltern anrufen können. Ich höre, wie sie sich zuflüstern, dass ich mich an nichts erinnere. Mir ist schlecht, und ich würde gern schlafen. Ich spüre, dass ich gleich in ein Loch falle, so wie wenn man als kleines Kind vor Müdigkeit schwankt, weil man zu viel herumgerannt ist. Ich habe überhaupt keine Lust, wach zu bleiben. Hie und da höre ich Leute weinen. Die Stimmung ist gedrückt. Ich würde gern abhauen, weit weg von hier, ganz weit weg … Genau in dem Moment, als ich das Bewusstsein verliere, sehe ich sie ganz deutlich vor mir: Sie waren zu dritt oder vielleicht zu viert. Sie waren sehr ruhig und sprachen leise. Sie haben den Finger an die Lippen gelegt und »Pssst« gemacht, als wären wir ihre Komplizen, die keinen Lärm machen sollten. Dann habe ich sie sagen hören: »Wir sind der Islamische Staat. Wir sind hier, um unsere Frauen und Kinder zu rächen, die in Syrien leiden müssen, weil euer Präsident Hollande mit seiner Koalition dort Bomben abwirft.« Einer zielte auf die Leute, die vor der Bar auf dem Boden kauerten. Bei jedem Schuss aus der Maschinenpistole konnte man spüren, wie sich Körper in alle Richtungen bewegten. Ich habe mich darauf konzentriert, meine Füße anzustarren und keinem Blick zu begegnen. Dann ist jemand auf mich drauf gefallen und hat mich mit zu Boden gerissen. Dabei bin ich selbst auf andere Körper gestürzt. Ich hatte Schmerzen, aber ich habe mich nicht bewegt, denn ich war blutüberströmt. Wir waren durch das Blut verbunden wie durch einen Klebstoff. Ich wusste, dass wir alle sterben würden. Ich war ruhig, ganz ruhig. Ich hatte resigniert. Es gab keinen Ausweg mehr. Man bewegt sich nur, wenn man noch Hoffnung hat. Man bäumt sich auf, wenn man um etwas bitten will. Doch sie verlangten ja nichts von uns. Und weil sie nichts verlangten, konnten wir nicht darauf hoffen, sie zufriedenzustellen. »Zurück mit euch, wir haben Sprengstoffgürtel.« Sie redeten wie Roboter. Sie wirkten wie betäubt. Als hätten sie keinerlei Empfindungen. Sie waren wie Camille, als sie ein Niemand war. Ich habe gebetet und mich meinem Schicksal überlassen. Ein beruhigendes Gefühl breitete sich in mir aus. Ich dachte fest an meine Eltern, es tat mir so leid für sie. Das war das Einzige, was in mir noch lebendig war. Meine Mama und mein Papa. Amina und Rachid. Amina und Rachid Hanouni. Das ist es, ich erinnere mich, ich bin Sarah Hanouni, und ich will meine Eltern sehen.

## Camille

Diese Schweine vom Mossad* haben schon wieder irgendwelche Gangster dafür bezahlt, dass sie sich als Terroristen ausgeben. Und die französische Regierung macht das mit und tötet das eigene Volk, nur um die nächsten Wahlen zu gewinnen! Die 130 Toten sind mir egal, alles Kuffar, die nichts unternommen haben gegen die Ungerechtigkeiten. Sie sind lieber vor ihren teuflischen Götzen herumgesprungen, die sie von Gott entfremden. Mossad hin oder her – diese Auslöschung von Götzendienern ist ja wohl ein Beweis für den Willen Gottes! Kein menschliches Wesen hätte diese Reinigung ohne die Macht Gottes durchführen können. Ich bin voller Ehrfurcht

* Israelischer Nachrichtendienst

vor dieser göttlichen Kraft. Gott ist so groß! Allerdings ist jetzt der Ausnahmezustand ausgerufen worden, und das hat meine Pläne durchkreuzt. Abucobra hat neue Entscheidungen getroffen: Ich kann nicht länger auf ungläubigem Boden warten, denn sie werden alles durchsuchen und die Polizeikontrollen an den Grenzen verdoppeln. Sie spüren, dass unsere Ritter näher kommen und der letzte Kampf bevorsteht. Abucobra hat meinen Transport einem Bruder anvertraut. Ich habe bereits vor mehreren Wochen meine Ersparnisse abgehoben. Auch meinen alten Schlafsack habe ich bereitgelegt, den wärmsten, den meine Mutter längst vergessen hat, weil er ein Loch hat und das »nach Penner aussieht«. Pfff … Wie kann man solchen materiellen Dingen nur so viel Bedeutung beimessen? Ich schiebe den Gedanken an meine Eltern beiseite und wiederhole wie ein Mantra: »Die Einzigen, die dich verraten werden, sind die, die dir nahestehen; der Einzige, der dich retten wird, ist Allah.« Abucobra erklärt, dass wir nur noch über Skype kommunizieren dürfen. Er wird während der gesamten Reise mit uns in Verbindung bleiben. Ich muss mir seinen Nickname einprägen. Mein Mobiltelefon darf ich nicht wegwerfen, sondern muss es jemandem übergeben, der es an eine Stelle bringt, an der die Polizei mich dann fälschlicherweise orten wird. Dieser Jemand wird später vorbeikommen und es abholen. Das wird die Suche hinauszögern, und in der Zwischenzeit werde ich schon weit weg sein … Ich fahre mit einem Paar, Faïza und Farid; sie haben zwei Kinder, *maschallah*! Es soll so aussehen, als sei ich die Tante der Kinder. Alles ist organisiert: Sie haben bereits ein einfaches Telefon ohne Internetzugang mit einer türkischen SIM-Karte und ein Auto, das wir in Deutschland stehen lassen werden. Von dort aus fahren wir mit dem Bus weiter, wie normale Touristen. Abucobra hat mir kurze Kleider gekauft, eine Perücke und eine schwarze Brille. Auch Faïza hat eine Kafir-Verkleidung, eine Tarnung, mit der sie sich unsichtbar machen kann. Dann sollen wir uns Ankara ansehen. Abucobra will unbedingt, dass wir die Museen und das alles besichtigen. Danach sollen wir ein Taxi nehmen und uns im Zentrum absetzen lassen. Dort sollen wir so tun, als ob wir uns verlaufen hätten und ein Zimmer in einem möglichst unauffälligen Hotel nehmen. Am nächsten Morgen sollen wir dann in eine andere Stadt fahren und dort das gleiche Theater aufführen. Und so sollen wir uns von Ort zu Ort bewegen, bis wir ganz in der Nähe der syrischen Grenze sind. Wir müssen ganz sicher sein, dass uns niemand folgt und uns diese türkischen Kuffar-Polizisten nicht aufspüren. Sobald sie Verdacht schöpfen, müssen wir sie loswerden. Wenn sie uns lange genug durch die Museen gefolgt sind, werden sie irgendwann von uns ablassen. Und sobald das möglich ist, ruft einer von uns Abucobra an, der eine aktuelle Liste der verfügbaren Brüder an jedem Ort bereithält. Wo immer ich also bin, wird sich jemand um mich kümmern und mich beschützen.

# 13

## Sarah

Papa und Mama haben mir, genau wie die Ärzte, gut zugeredet, damit ich über meine Erlebnisse spreche. Mama hat gesagt, dass ich es rauslassen muss. Ich würde lieber überhaupt nicht mehr darüber reden und alles vergessen. Doch sie sagt, wenn ich nicht darüber rede, wird sich das Erlebte in einem Winkel meines Unterbewusstseins einnisten, und ich werde es mein ganzes Leben lang wie eine Bürde mit mir herumtragen, ohne mir dessen bewusst zu sein. Um die Kontrolle über das Erlebte zu bekommen, muss ich davon erzählen; erst dann kann ich es beiseite legen. Anders gesagt, es soll mich nicht mehr am Leben hindern. Deshalb muss ich lernen, damit zu leben. Also erzähle ich. Mama verspricht mir sogar, dass mein Trauma eines Tages zu einer Kraft werden wird. Eben weil ich dem Tod nur knapp entronnen bin, werde ich das Leben mehr genießen können als andere. Im Moment liegt das noch in weiter Ferne. Ich fühle mich unfähig, aus dem Haus zu gehen, um Brot zu kaufen. Überall sehe ich sie mit ihren Roboteraugen und ihren Kalaschnikows. Ich wünschte, ich wäre unsichtbar. Wenn ich darüber rede, habe ich nicht das Gefühl, dass ich es rauslasse, sondern dass ich Horrorgeschichten erzähle, die jemand anders erlebt hat. Es kann nicht sein, dass ich das erlebt habe und noch am Leben bin, das ist unmöglich. Gleichzeitig erinnere ich mich nach und nach an bestimmte Details. An Dinge wie den Gang des Ersten, die Farbe des T-Shirts, das der Zweite trug … Anfangs hatte ich immer nur die Gesichter der Terroristen vor Augen, wenn ich über meine Erlebnisse sprach. Einer von ihnen ist an mir vorbeigegangen. Ich habe zwar den Blick abgewendet, aber ich hatte trotzdem Zeit, ihn zu sehen, und mein Gehirn hat offenbar ein Sofortbild mit den richtigen Einstellungen gemacht, denn die Erinnerung ist sehr präzise. Und dann habe ich mich vorgestern an die Gesichter der Toten erinnert. Plötzlich waren sie wieder da, als kämen sie aus einer anderen Welt. Und jetzt bekomme ich sie nicht mehr aus dem Kopf. Als die Polizei kam, um uns dort rauszuholen, haben sie uns gesagt, wir sollten nach vorne schauen. Aber um nicht zu stürzen, mussten wir aufpassen, wo wir die Füße hinsetzen. Wir konnten ja schließlich nicht über die Körper laufen … Ich bin über Männer und Frauen gestiegen. Und über Körperteile, die zwischen zwei Körpern herausragten und deren Kopf man nicht sehen konnte. Ich habe mich gefragt, ob nicht auch ein Kind darunter war. Das alles hat nicht lange gedauert, denn nach einigen Metern, sobald wir die Flut der Körper hinter uns gelassen hatten, haben sie mich auf eine Trage gelegt. Ich glaube wegen des Bluts, das überall an meinem Körper war. Sie müssen geglaubt haben, dass ich verletzt bin. Das Bild der roten, ineinander verschlungenen Körper auf dem Boden lässt mich nicht los. Es hat etwas Unpassendes, etwas Widersprüchliches. Wenn sich Körper zu Gruppen versammeln, tun sie das normalerweise, um Solidarität und Stärke zu zeigen. Nach einem Fußballturnier, nach einem Basketballspiel, da bilden wir eine Traube. Auf Fotos sieht man, wie unsere Arme und Beine sich verschlingen, weil wir ein gemeinsames Ziel erreicht haben und dadurch zu einer Einheit verschmolzen sind. Aber in meiner Momentaufnahme sind die Körper gleichzeitig verschlungen und leblos. Das Bild eines Toten, der mir hilfesuchend die Hand hinstreckt, drängt sich mir auf. Es verfolgt mich. Mama hat für mich einen Termin beim Psychiater gemacht, damit er mir ein leichtes Beruhigungsmittel verschreibt. »Das ist eine Krücke, auf die du dich ein paar Wochen lang stützen kannst«, hat sie mir erklärt. »In bestimmten Momenten des Lebens muss man sich auf andere stützen. Du musst dich auf uns stützen, dafür sind wir da.« In ihren Augen sehe ich mein eigenes Leid gespiegelt, aber auch ihres. Sie fühlt mit mir mit, und sie sorgt sich um mich. Bei Papa ist es auch so, aber er hat ein dünneres Nervenkostüm. Er muss das Gefühl haben, mich nicht vor den Geistern, die mich verfolgen, beschützen zu können. Da ist ja auch etwas dran, was soll er schon tun?

## Camille

Ich war gerade bei Faïza und Farid angekommen. Und dann sind am frühen Morgen diese miesen Hunde aufgekreuzt. Alles war bereit. Um sieben Uhr sollten wir losfahren. Doch mitten im Morgengebet, ein lauter Knall … Die Tür fällt ins Zimmer, und diese Rasenden stürzen sich auf uns. Erst sind sie auf Farid losgegangen und haben ihm Handschellen angelegt, bevor er auch nur ein Wort sagen konnte. Faïza hat geschrien, und der Ninja wollte sie auch noch provozieren: »Ach, jetzt kannst du schreien!« Als sie Faïza eine Art Leine angelegt haben, fingen die Kinder an zu schluchzen. Die Kleine, die gerade erst zwei Jahre alt ist, bekam kaum noch Luft. Ihr älterer Bruder war ebenfalls zu Tode erschrocken. Ich wollte sie in den Arm nehmen, aber diese Besessenen haben mich zurückgehalten und mir Handschellen angelegt wie den beiden anderen auch. Dann haben sie uns eine Art Geschirr umgelegt, durch das wir aneinander festgemacht waren. Der Chef hat Farid angesehen. Durch die Sturmmaske konnte man nur die Augen dieses Feiglings erkennen. »Wenn ihr gehen wollt, dann geht ohne eure Kinder, dann hätten wir euch vom Hals. Und die da ist minderjährig, die müssen wir also leider auch hierbehalten. Wir würden nur zu gern das ganze Ungeziefer auf einmal loswerden, da hätten wir kein Problem mit …« Was er da sagte, war lächerlich und völlig überflüssig, schließlich hatten wir alle Handschellen um und waren aneinander festgebunden. Ein Mann mit vermummtem Gesicht hat die Kinder an die Hand genommen und ihnen befohlen, mit ihm zu kommen. Sie schluchzten immer noch heftig. Faïza hat um sich geschlagen und geschrien: »Gebt mir meine Kinder zurück, es sind meine Kinder, ihr habt kein Recht dazu …« Einer der Vermummten hat sich umgedreht und erwidert: »Jetzt sind es nicht mehr eure Kinder. Ihr wolltet sie töten. Sie sind jetzt Waisen und stehen unter staatlicher Fürsorge.« Ich wusste genau, dass das nicht stimmt. Er würde sie zu einer Sozialarbeiterin bringen, dann würden sie in ein Heim kommen und dort bis zur Urteilsverkündung bleiben. Ich habe schon Zeugenberichte dieser Art gelesen. Aber es war unmöglich, mit Faïza zu reden. Sie schluchzte noch heftiger als ihre Kinder und stand kurz vor einer Ohnmacht. Ich dachte wirklich, sie würde komplett durchdrehen. Nur eine Minute zuvor waren wir so froh gewesen, in heiliges Gebiet aufzubrechen und die Kinder vor den Kuffar in Schutz zu bringen. Und hopp, werden sie von den Kuffar entführt, damit sie fern ihrer Mutter weiter im Unglauben aufwachsen. Nun wird sie sie nicht mehr beschützen können: Diese miesen Hunde werden sie mit Schweinefleisch vollstopfen, sie mit Sexbildern und perverser Musik zudröhnen, nur um sie von Gott zu entfremden. Arme Faïza, das ist schlimmer als alles andere. Ich verstehe sie nur zu gut. Farid hat versucht, sie aufzubauen: Das sei eine Prüfung Allahs, mit der er ihren Glauben und ihre Entschlossenheit testen wolle.

Sie solle sich nicht über die Prüfung Allahs beklagen. Er sprach in einem kalten, trockenen Ton. Sie haben uns Sturmhauben über den Kopf gezogen, durch die wir nichts sehen konnten, und wir mussten hintereinander hergehen. Da die Tür aufgebrochen war, blieb die Wohnung offen stehen. Ein weiterer Trupp Polizisten kam, vermutlich um alles zu durchwühlen. Ich habe gebetet, dass sie keinen Hinweis auf Abucobra finden würden. Der Arme opfert sich auf, um zahlreichen Brüdern und Schwestern die Flucht aus diesem Kuffar-Land zu ermöglichen … Ich hatte ihn gebeten, mit uns zu kommen. Doch er hat erwidert, dass Gott ihn beauftragt habe, anderen dabei zu helfen, sich zu retten, und dass er wegen dieser edlen Aufgabe in Frankreich bleiben müsse. Die miesen Hunde haben uns in ein Fahrzeug geschubst, vermutlich einen Lastwagen. Sie waren sehr ruppig. Und dann sind sie losgefahren. Da bin ich zusammengebrochen. Mir ist klar geworden, dass sie meine Identität aufdecken und meine Eltern anrufen werden. Adieu heiliges Land, wo wir vor allem Bösen bewahrt gewesen wären. Nun wird das Böse uns schlucken. Ich gäbe mein Leben, um meinen Nikab wiederzubekommen.

## 14

## Sarah

Die Polizei hat mich vorgeladen. Ich dachte erst, es sei wegen einer Zeugenaussage zum Bataclan, zusätzlich zu der, die sie unmittelbar danach aufgenommen haben. Doch darum geht es nicht. Sie haben mich an einen merkwürdigen Ort gebracht, wo es keinerlei Schilder gibt. Zum Glück haben sie meinen Eltern ihr Dienstabzeichen gezeigt; sonst hätte ich wirklich meine Zweifel. Ich bin noch immer völlig paranoid und misstraue allen und jedem. Meine Eltern durften mich begleiten und warten in einem anderen Raum. Mama hat sich frei genommen, um bei mir bleiben zu können, und Papa ist gleich von der Arbeit losgefahren, um so schnell wie möglich bei uns zu sein. Der Grund, weshalb die Polizei mich braucht, ist Camille. Die Beamten eröffnen mir, dass sie versucht hat, nach Syrien auszureisen, um sich Terroristen anzuschließen. Das trifft mich wie ein Schlag. Erst glaube ich ihnen nicht. Wie an dem Tag, als mein Vater mir verkündet hat, dass meine Großmutter gestorben sei. Alles, was ich dazu sagen konnte, war: »Aber gestern Abend hat sie mich doch noch gefragt, ob ich meine Hausaufgaben fertig hätte …« Am Tag zuvor hatte ich noch mit ihr in ihrem Krankenhauszimmer telefoniert und konnte mir einfach nicht vorstellen, dass sie so schnell über Nacht verschwunden war und mich einfach zurückgelassen hatte, ganz allein. Ich stand meiner Großmutter sehr nahe. Es war surreal. Genau wie heute. Wie können sie sicher sein, dass Camille wirklich abhauen wollte? Ich erkläre ihnen, dass sie wieder normal geworden ist und dass hier ein Missverständnis vorliegen muss. Außerdem wollten wir uns ja sogar treffen, um zusammen ins Bataclan zu gehen. Während ich diese Worte ausspreche, halte ich kurz inne. Ich sehe wieder vor mir, wie ich sie an diesem Abend anpiepse. Sie hat mir nie geantwortet. Durch den ganzen Aufruhr habe ich das völlig vergessen. Behutsam bringen sie mir bei, dass sie Camille mit Reisegepäck und Tarnkleidung bei einem Ehepaar angetroffen haben. Ein ehemaliges Al-Qaida-Mitglied, das jetzt für den Daesch arbeitet, soll alles in die Wege geleitet haben. Offenbar stand sie von Anfang an unter seinem Einfluss. Er soll ihr Verschleierungstechniken beigebracht haben, damit ihr Umfeld keinen Verdacht schöpft. Ich breche in Tränen aus. Das ist einfach zuviel für mich. Ich bin doch erst sechzehneinhalb … Wie konnte Camille mich so belügen? Das erscheint mir unmöglich. In meinem Kopf wirbelt alles durcheinander: die eiskalte Camille und die Camille, die mit mir lacht, die stille Camille und die Camille, die über alles lästert, was uns über den Weg läuft, die Camille im Nikab und die Camille in ihrem kurzen Kleid … Mir wird schwindelig. Sie geben mir ein Glas Wasser. Jetzt, da ich Terroristen aus nächster Nähe gesehen habe, wie soll ich da hinnehmen, dass Camille sich ihnen anschließen wollte? Meine kleine Camille, die so sensibel ist, so selbstlos, so lebendig, das kann nicht sein … Ein freundlicher Herr erklärt mir, dass mich keine Schuld trifft. Die Menschenfänger manipulieren immer mehr Jugendliche, die vom Islam keine Ahnung haben. Sie isolieren sie von allen ihren Freunden und den Erwachsenen, die ein Gegengewicht bilden könnten. Gerade weil ich ihre beste Freundin bin, haben sie ihr eingeredet, dass sie mich belügen müsse, damit ich weniger wachsam bin. Das Gleiche gilt für ihre Eltern … Mein Gott! Ihre armen Eltern! Die arme Carole! Wieder fange ich an zu weinen wie ein kleines Kind.

Dann stellen sie mir Fragen zu den Fakten. Ich soll mich erinnern, wann genau wir uns getroffen und wo genau wir uns in den letzten drei Wochen aufgehalten haben. Ich schlage meinen Kalender auf und konzentriere mich. Nach dem Geschichtsunterricht sind wir zum Griechischkurs gegangen. Nach dem Sport waren wir bei Dylan etwas trinken. Am Donnerstagabend habe ich sie nach Hause begleitet. Am Samstag wollte ich mit ihr lernen, aber sie hat nicht geantwortet. Um wie viel Uhr genau? Ich sehe meine SMS noch einmal durch. Ich versuche, sie nicht zu lesen, aber aus dem Augenwinkel sehe ich doch die vielen »ich habe dich sehr lieb, ABFFL*«. Die letzte Nachricht stammt vom Vorabend des

---

* Allerbeste Freundin fürs Leben

Bataclan. Die Tränen laufen mir herunter, ohne dass ich es merke, mein iPhone ist ganz nass.

Ich würde gern mit ihr sprechen, sie sehen. Ich weiß nicht genau, was ich ihr sagen will. Keine Ahnung, ob das, was ich empfinde, Hass ist oder Wut oder Mitleid. Sie können mich nicht zu ihr lassen. Es sei zu meinem eigenen Schutz. Zu meinem Schutz? Was meinen sie damit? Sie wird sich vor Gericht verantworten müssen wegen »Verherrlichung des Terrorismus und wegen Teilnahme an einer Absprache oder einer mit dem Ziel der Planung terroristischer Handlungen gebildeten Gruppe, in diesem konkreten Fall der logistischen Unterstützung von Monsieur und Madame S., um deren Ausreise nach Syrien und in den Irak vorzubereiten, wo sie sich dem Islamischen Staat anschließen und nicht zuletzt sich ausbilden lassen wollten, um dann mit dem Ziel der Durchführung terroristischer Handlungen nach Frankreich zurückzukehren.« Das ist zu viel, ich sehe die Polizisten völlig perplex an. Eben haben sie mir noch erklärt, dass Camille unter dem Einfluss eines professionellen Menschenfängers stand. Warum wird sie jetzt beschuldigt, Anstifterin einer Ausreise zu sein? Und warum stellt der Untersuchungsrichter einen Zusammenhang her zwischen der Tatsache, dorthin ausreisen zu wollen, und dem Plan, nach Frankreich zurückzukehren, um hier einen Anschlag zu verüben? Camille ist erst siebzehn Jahre alt. Die Polizisten erwidern, dass seit den Attentaten von Freitag

»nichts mehr auf die leichte Schulter genommen werde«. Aber die Tatsache, dass Camille noch minderjährig ist, wird wohl zu ihren Gunsten gewertet, und es kommt vor, dass einzelne Anklagepunkte später aus Mangel an Beweisen fallen gelassen werden.

Bevor ich gehe, lassen sie mich einen Blick in den kleinen Raum werfen, in dem Camille festgehalten wird. Ich vermute, dass dies eine moderne Zelle ist. Sie sitzt mit dem Rücken zu mir auf einem behelfsmäßigen Sofa und hat den Blick nach unten gerichtet. Es ist furchtbar schockierend sie hinter einem Einwegspiegel zu sehen, wie in der Fernsehserie *Law & Order.* Ich erkenne ihren Nacken und fühle mich ganz elend. Mein Herz schlägt mir bis zum Hals. Sie wirkt völlig hilflos, meine allerbeste Freundin fürs Leben, eine Terroristin …

## Camille

Sie freuen sich, dass sie mich komplett bloßstellen und mich anschreien können. »Du wolltest also Blut von Ungläubigen trinken?« Ich antworte gar nicht erst. Von Zeit zu Zeit packt mich der Dickste von ihnen am Arm und schüttelt mich. Nicht zu fest, nur um mir ein wenig Angst zu machen. Ich weiß sehr wohl, dass sie mich nicht schlagen dürfen. Außerdem bin ich minderjährig. Also gewinne ich Zeit und warte auf meinen Anwalt. Meine Eltern haben sicher einen guten Anwalt aufgetan. In dieser von Geld und Sex regierten Welt kann man mit dem nötigen Kleingeld alles haben. Angst habe ich eigentlich nicht. Ich weiß, dass die Brüder mich rächen werden, wenn sie mich einsperren. Sie werden kommen und mich holen. Auf keinen Fall werde ich mein Leben hinter Gittern verbringen.

Die dicken Bullenschweine reden unablässig auf mich ein, einer nach dem anderen. Sie sind noch müder als ich. Um sie nicht ansehen zu müssen, konzentriere ich mich auf einen Punkt. Durch meinen Kopf ziehen Bilder. Ich bin in meiner Villa mit dem privaten Swimmingpool, den nur wir Schwestern nutzen. Wir schlürfen frische Fruchtsäfte mit Strohhalmen in allen Farben. Im Schatten der Obstbäume lassen wir uns trocknen. Die Luft in asch-Scham riecht gut, sie betört uns. Es ist wie in einer verzauberten Welt, in der wir vor allem geschützt sind.

Ein harter Schlag auf den Kopf reißt mich aus meinen Träumen. Das darf er nicht. Ich höre, wie er schreit: »Siehst du dir jetzt dieses verdammte Foto an, ja oder nein?« Er packt mich an den Haaren, um meinen Blick mit Gewalt darauf zu richten. Ich sehe eines der letzten Bilder, die ich in den sozialen Netzwerken gepostet habe: Körper von Heuchlern, deren abgeschnittene Köpfe auf ihren Knien liegen. Als ich meinen Kommentar dazu lese, der mir Dutzende »Gefällt mir« eingebracht hat, kann ich mir ein kurzes Grinsen nicht verkneifen. Ich habe geschrieben: »Ganz schön kopflos, diese Kuffar.« Das war ja wohl ziemlich gut. Der Bulle findet das nicht lustig. Er brüllt, und ich merke sehr wohl, dass er sich nur schwer beherrschen kann: »Das findest du auch noch witzig?« Ich setze wieder eine undurchdringliche Miene auf, damit er nicht mehr in mich hineinschauen kann. Wie soll ich ihm erklären, dass die Reinigung und die Erneuerung der Welt ihren Preis haben? Unmöglich. Haben sie denn während der Revolution von 1789 nicht auch Köpfe abgeschnitten? Guter Witz. Was soll man auch anderes tun mit Leuten, die der ganzen Welt das Böse aufzwingen wollen. Die Kuffar, die Verirrten und die Heuchler sind alle Komplizen. Sie sind ganz offensichtlich Verbündete von Baschar al-Assad, denn sonst würden sie sich ja dem Daesch anschließen, um die Regierungssoldaten zu bekämpfen. Abucobra und die anderen haben das gut erklärt: Man muss sich für ein Lager entscheiden. Entweder man ist dafür oder dagegen. Der Bulle knallt mir ein weiteres Foto hin, das ich gepostet habe, und tobt: »Was siehst du da?« Ich antworte leise: »Einen Kafir, der seinen Kopf in den Händen hält.« Diesmal verzichte ich darauf, meinen Kommentar zu lesen, sonst fange ich wieder an zu grinsen. Ich hatte geschrieben: »Die hohle Nuss wartet auf den Bus.« Ein zweiter Schlag trifft meinen Kopf. Na los, schlag zu, du Arsch, ich spüre überhaupt nichts. Mein Vater hat Geld, und sein Anwalt wird deiner Karriere ein Ende machen. Er brüllt weiter: »Das ist kein Kafir, der seinen Kopf hält, das ist ein Mann, der ermordet und verstümmelt wurde! Das ist der Körper eines Menschen, der zerstückelt worden ist!« Soll der Bulle doch philosophieren, mein Ding ist das nicht. Ich habe nicht umsonst den naturwissenschaftlichen Zweig gewählt. Ich mache endgültig zu und kehre lieber an meinen Pool zurück und zu dem Mudschaheddin-Prinzen, der auf mich wartet.

15

## Sarah

Mama und ich begleiten Carole zu einer Versammlung in der Präfektur. Das Treffen wird von einem Team ausgerichtet, das sich um Familien von Jugendlichen kümmert, die von Dschihadisten rekrutiert wurden. Carole hat mich freundlich darum gebeten und mir erklärt, dass enge Freunde eine sehr wichtige Rolle spielen. Ich wollte ohnehin mitkommen. In meinem Leben wimmelt es plötzlich nur so von Polizisten und Dschihadisten. Der Daesch bestimmt meine Gedanken und meine Träume. Ich bin zwar böse auf Camille, aber vor allem möchte ich verstehen, wie sie sich so verändern, sich so verlieren konnte. Ich kann in ihrem Absturz ins Grauen nicht ein Fünkchen Vernunft erkennen. Die Polizei hat ihrer Mutter schockierende Dinge gezeigt. Carole hat sie vor ihrem Mann versteckt, aus Angst, dass er sich nie mehr davon erholen würde. Ich habe nicht nach Details gefragt, denn mein Kopf ist im Moment voll genug. Mama hat mich gebeten, mich ein wenig zu schützen. Carole hat uns aber dennoch erklärt, dass Camille sich von alldem zu keinem Zeitpunkt gelöst hatte, ganz im Gegensatz zu dem, was wir alle dachten. Sie hat es nur vorgetäuscht und den Gipfel der Radikalisierung erreicht, ohne dass wir es mitbekommen haben. Ich frage nicht, was das bedeutet, denn ich sehe wieder die Augen der Terroristen im Bataclan vor mir. Die Polizeipsychologin wird uns dabei unterstützen, den Entwicklungsprozess zu verstehen. Mama meint, dass uns das helfen wird, da wir dann besser in Worte fassen können, was wir erlebt haben.

Wir betreten eine mit blau-weiß-roten Flaggen und Statuen geschmückte Eingangshalle. Eine Frau mit einem Dutt geleitet uns durch einen langen Flur, der zu einem großen Besprechungsraum führt. Man hat fast den Eindruck, in einem Flugzeug zu sein. In dem Raum sind bestimmt fünfzig Personen, vor allem Eltern und einige große Brüder und Schwestern. Wir erkennen einander und werfen uns verständnisvolle Blicke zu. Wir haben alle den gleichen Ausdruck: tiefliegende kleine Augen mit großen grauen Schatten darunter und grünliche Gesichtsfarbe. Eine Frau ergreift das Wort und stellt sich vor. Sie ist die Psychologin, die das Antiradikalisierungsteam der Präfektur leitet. Sie kündigt an, dass sie mit uns teilen wird, was sie über den Radikalisierungsprozess weiß, denn um dagegen vorzugehen, muss man zunächst einmal verstehen, wie es dazu kommt. Sie dankt den Eltern, die ihr die Internet-Dialoge ihrer Kinder mit den Rekrutierern geschickt haben. Dadurch kann sie ihr Wissen auf den neuesten Stand bringen. Die Anwerber passen sich den von der Regierung ergriffenen Maßnahmen nämlich immer wieder an. Sie gibt ein Beispiel: Neulich haben sich einige ausreisewillige Jugendliche für einen Rapworkshop angemeldet, der vom Kulturzentrum angeboten wurde, um dadurch die Prognose der Präfektur in eine andere Richtung zu lenken. Da sie beim Schreiben des Stückes sehr engagiert waren, kamen die Pädagogen tatsächlich zu dem Schluss, dass bei diesen jungen Menschen keine Anzeichen von Radikalisierung mehr zu erkennen seien, auf die ihre Eltern hingewiesen hatten. Sie standen der Musik wieder aufgeschlossen gegenüber, während die Radikalen sie strengstens verbieten. Die Pädagogen haben daraufhin empfohlen, die Akten zu schließen. Zehn Tage später sind drei der Jugendlichen klammheimlich über die Grenze gegangen. Alle Eltern nicken, offensichtlich sind sie bereits überzeugt. Mama raunt mir zu: »Siehst du, du musst dir nichts vorwerfen, die Rekrutierer bringen ihnen Verschleierungstechniken bei.« Das wusste ich ja bereits, und das ändert nichts an meiner Schuld. Es war meine Camille, meine ABFFL, und ich hätte es merken müssen, Punkt.

## Camille

Als diese Bullenschweine die Nase voll hatten, haben sie meine Eltern angerufen. Ich hatte mich darauf eingestellt, wie eine barbarische Terroristin behandelt zu werden. Doch zu meiner großen Überraschung schließt meine Mutter mich fest in die

Arme und weint. Da muss ich plötzlich auch weinen. Ich weiß nicht genau, warum, aber meine Tränen fließen und fließen. Mein Vater umarmt mich ebenfalls, aber er hat seine Gefühle besser unter Kontrolle. Meine Mutter lässt mich gar nicht mehr los, sie massiert mir den Rücken, nimmt meine Hand, umarmt mich immer wieder … Unablässig murmelt sie: »Mein kleiner Schatz, ich hab dich so lieb …« Ich gebe zu, ich bin ein bisschen hilflos. Es rührt mich, wenn sie das sagt. Als ich klein war, hat sie das jeden Abend zu mir gesagt, während sie auf meiner Bettkante saß. Zu diesen Worten bin ich immer eingeschlafen. Plötzlich spüre ich, wie mein Panzer, den ich mir für die Bullenschweine zugelegt hatte, dahinschmilzt. Ich will weg von hier, zurück in mein Zimmer. Es ist das erste Mal seit vielen Wochen, dass ich nach Hause möchte. Ich sage es meiner Mutter, und sie hilft mir in den Mantel, so wie sie es immer getan hat, als ich klein war. Sie bindet mir meinen Schal um und schnieft dabei vor sich hin. Ich lasse es mir gefallen, denn sie bedeckt mich immer wieder mit Küssen. Mit sanfter Stimme flüstert sie mir zu: »Es ist vorbei, mein Schatz, Mama ist da.« Ich lege meinen Kopf auf ihre Schulter, und sie drückt mich fest an sich. Es tut gut, sich fallen zu lassen. Mein Vater verabschiedet sich von den Bullen und wir gehen, einfach so.

Zuhause dusche ich erst einmal. Ich fühle mich dreckig vom Kopf bis zu den Zehenspitzen. Mir fällt auf, dass ich im Polizeigewahrsam kein einziges Mal gebetet habe. Wie lange war ich eingesperrt? Wohl mehr als zwei Tage. Ich konnte nicht erkennen, ob es Tag oder Nacht war. Mir fällt ein, dass mein Vater meinen Teppich und meinen Koran weggeworfen hat, und das holt mich auf den Boden der Tatsachen zurück. Doch dann bleibt mein Blick an meinem Nachttisch hängen: Dort liegt ein nagelneuer Koran auf einem kleinen Gebetsteppich, der ebenfalls neu ist. Ich kann es kaum glauben. Ich schnappe mir beides und stürme in die Küche: »Danke, Mama!« Mir fällt auf, dass ich wie ein kleines Mädchen geklungen habe, das ein Geschenk bekommen hat … Sie wirkt überrascht und ein wenig verunsichert, doch sie lächelt mich an: »Ich habe nichts gegen deine Religion, mein Schatz. Es ist eine schöne Religion.« Ich fasse es nicht. Die Brüder und Schwestern haben immer vorhergesagt, dass meine Eltern gegen meine Rekonversion sein würden. Was ist passiert? Hat Gott ihnen die Augen geöffnet, während ich in Polizeigewahrsam war? Hatten sie Angst, mich zu verlieren, als sie von meinem Plan erfahren haben? Lieben sie mich so sehr, dass sie meinen Islam akzeptieren?

# 16

## Sarah

Die Versammlung in der Präfektur wühlt uns alle auf. Die Psychologin zeigt uns Auszüge aus Internet-Gesprächen und Videos, die die Dschihadisten in einem Zeitraum von zwei Stunden gepostet haben. Anfangs kommen sie aus den sozialen Netzwerken des Darknet, wie eine Gruppe von Freunden, ein Nachbar, ein Wissenschaftsstudent, ein Verführer … Sie sagen nicht, dass sie Rekrutierer vom Daesch sind. Sie sprechen nicht über den Islam, auch nicht über Gott. Dann bringen sie den Jugendlichen zum Reden, der, wie die Psychologin sagt, gerade eine Phase der Unsicherheit durchläuft. Sie fügt hinzu, dass alle Jugendlichen unsicher sind. Natürlich sind wir unsicher, denke ich, es ist ja auch ganz schön erschreckend, wenn man entdeckt, wie hart es in der Welt zugeht. Und genau bei diesem Unbehagen des Jugendlichen setzen die Anwerber an. Sobald sie sein psychologisches Profil erkannt haben, beginnen sie mit ihrer Arbeit. Zunächst isolieren sie ihn von seinem sozialen Umfeld, indem sie ihn glauben machen, dass alle Erwachsenen von Geheimgesellschaften wie den Illuminaten eingelullt sind. Ich frage mich, wie Camille diesen Blödsinn glauben konnte. Das kommt mir eigenartig vor. Sie ist doch so intelligent. Dann bringen sie den Jugendlichen in Kontakt mit einer Gruppe, die ihn sich einverleibt: Er verliert seine emotionalen und intellektuellen Orientierungspunkte. Er vergisst alles. Er hat das Gefühl »derselbe« zu sein wie die anderen in seiner neuen Gruppe. Die Identität der Gruppe ersetzt seine eigene Identität. Das kann ich gut nachvollziehen, denn genau das ist mit Camille geschehen. Sie war nicht mehr sie selbst. Alle Anwesenden nicken zustimmend. Wir haben alle das Gleiche erlebt. Eine Mutter murmelt: »Sie war da, ohne da zu sein …« Eine andere ergänzt: »Sie war wie ein Roboter …« Ein Vater merkt an, dass das Techniken seien, wie man sie auch bei Sekten findet. Die Psychologin stimmt ihm zu: Die französischsprachigen Anwerber verwenden häufig Techniken, die aus dem Sektenwesen abgeleitet sind, um Jugendliche anzulocken. Sie weiß nicht, ob das in anderen Ländern auch so ist. Sie fügt jedoch einschränkend hinzu, dass Daesch keine Sekte ist. Der Vater lässt nicht locker: »Was ist es denn dann?« Sie antwortet, es sei eine totalitäre Bewegung, und präzisiert: »Der Daesch benutzt seine Ideologie nicht, um einen Staat zu verwalten, er benutzt einen Staat, um seiner Ideologie Genüge zu tun, die darin besteht, weltweit alle auszulöschen, die anders denken als er.« Den Vater überzeugt die Erklärung offenbar, denn er macht sich Notizen. Mama flüstert Carole immer wieder etwas ins Ohr. Die beiden sind sich nähergekommen. Bis dahin haben sie sich immer gegrüßt wie zwei Mütter von zwei jugendlichen Freundinnen. Jetzt sitzen sie beide im selben Boot. Im Grunde müssen wir alle gerettet werden. Ich denke, ich bin an der richtigen Position, um gegen den Daesch zu kämpfen. Man muss sie an der Wurzel packen, wenn sie kommen, um frisches Fleisch für ihre Kanonen zu holen. Jetzt spricht die Psychologin von dem Gefühl, verfolgt zu werden, das dem Jugendlichen eingeimpft wird und seine Wahrnehmung der Realität verzerrt. Er ist besessen davon, die zu retten, die ihm als Verfolgte dargestellt werden, und die zu töten, die diese Verfolgten nicht retten. Carole macht sich ebenfalls Notizen. Die Arme, sie tut mir so leid.

Dann erklärt die Psychologin, wie die Rekrutierer ihre dschihadistische Botschaft auf das Ideal des Jugendlichen zurechtschneiden. Dem, der einen uneigennützigen Beruf anstrebt, geben sie die Illusion eines humanitären Projektes, dass darin besteht, Kinder zu retten, die Opfer der Giftgasangriffe Baschar al-Assads geworden sind. Dem, der sich gedemütigt fühlt, bieten sie an, sich zu rächen, indem sie das Bild einer überlegenen Gesellschaft konstruieren, die allein im Besitz der Wahrheit ist. Der, die Schutz sucht, stellen sie einen Prinzen in Aussicht. Dem, der gebraucht werden will, machen sie glauben, dass sie die Welt erneuern wollen. Oder dass sie die internationale Gemeinschaft ersetzen und die Soldaten Baschar al-Assads bekämpfen werden. Dem, der vor der Realität fliehen will, verheißen sie ein Gelobtes Land, in dem Frieden herrscht. »Das ist nicht Disneyland, sondern Daeschland«, fasst die Psychologin zusammen und zieht dabei die Augenbrauen hoch. Meine Mutter schaltet sich ein: »Man muss also erst einmal herausfinden, wie der Jugendliche ›eingefangen‹ wurde, um ihm bei der Umkehr helfen zu können?« Die Psychologin bestätigt das. »Sie haben die Anwerbung individualisiert: Jeder Jugendliche entscheidet selbst, warum er sich engagieren will. Um diesen Prozess also rückgängig zu machen, muss man ihn erst einmal analysieren. Und dem Jugendlichen eine andere Art sich zu engagieren nahebringen.«

Ein vermutlich muslimischer Vater ärgert sich über den Gebrauch des Wortes »Dschihad«: »Im Islam bedeutet dieser Begriff nicht, dass man ›alle tötet‹, sondern dass man an sich selbst arbeitet. Sie verwenden ihn auf die gleiche Art wie die Terroristen, als wären Sie einverstanden mit deren Art, den Islam zu manipulieren!« Eine Mutter mischt sich ein und präzisiert, dass das Wort Dschihad auch im Sinne von Notwehr verwendet werde, wenn die Bevölkerung eines bestimmten Gebietes in Lebensgefahr sei. Wie bei den Christen auch, erlauben die muslimischen Theologen denen, die in diesem Gebiet regieren, ihrer Armee zu befehlen, die bedrohten Einwohner zu retten. Al-Qaida hat die Voraussetzungen für den Dschihad geändert und meint, dass jeder x-Beliebige jeden anderen x-Beliebigen an jedem beliebigen Ort töten darf, wenn er glaubt, ein Moslem sei in Gefahr. Wenn ich das richtig verstehe, hat Al-Qaida das Konzept der Notwehr, das auf vierzehn Jahrhunderte Islam zurückgeht, in das Recht zu Morden umgeändert. Die Psychologin lenkt ein: »Terroristen, Islamisten, Dschihadisten, Radikale … Man weiß nicht mehr, wie man sie nennen soll. Deshalb übernehme ich ihre eigenen Begriffe.«

Bevor wir zu den Ratschlägen für die Familien kommen, machen wir eine Pause. Die Pause ist noch schlimmer als die Videos der Psychologin. Eine große Frau holländischer Herkunft bricht in Tränen aus, als sie uns anvertraut, dass ihr Mann ausgereist sei und ihre drei Kinder mitgenommen habe. Er war ursprünglich kein Moslem, hat sich aber in weniger als vier Monaten radikalisiert. Sie flüstert, dass sie heute hierher gekommen sei, um zu verstehen, wie die Welt der Dschihadisten funktioniere, denn sie will sich beim Daesch einschleichen. Sobald die Gotteskämpfer ihr Vertrauen schenken, will sie ein Mitglied der Gruppe heiraten und ihre drei Kinder zurückholen. Am meisten Angst hat sie um die kleine Vierjährige, die im Rollstuhl sitzt. Sie hat keine Ahnung, wie sie drei Kinder im Alter von zwei bis zehn Jahren, von denen eines im Rollstuhl sitzt, heimlich durch die Checkpoints schleusen soll. Vor allem, weil es an der Grenze einen tiefen Graben gibt. Wie es scheint, ist noch keiner einzelnen Frau die Flucht gelungen. Außerdem ist der Älteste vielleicht schon rekrutiert worden und will gar nicht mehr weg … Sie plant, zunächst in einem syrischen Flüchtlingslager unterzutauchen, auch wenn es dort

Krankheiten gibt und die hygienischen Bedingungen desolat sind. »Diese Schweine«, sagt sie schließlich, »reden den Jugendlichen ein, sie würden den Syrern helfen. Stattdessen kolonisieren sie sie und bringen sie um, wie alle anderen, die sich ihnen nicht unterwerfen!« Es ist wirklich hart, das alles zu hören. Ich gehe an meinen Platz zurück.

Die Psychologin sagt, dass wir heute nicht über alles sprechen können. Guter Witz … Sie möchte uns nur ein paar erste Ratschläge mit auf den Weg geben. Da die jungen Rekrutierten überzeugt sind, auserwählt und damit im Besitz der Wahrheit zu sein, darf man auf keinen Fall versuchen, sie zur Vernunft zu bringen. Die Anwerber haben ihnen wohl vorausgesagt, dass ihr Umfeld aus Neid versuchen wird, Zweifel in ihnen zu säen. Sie haben ihnen auch eingeredet, dass ihr Umfeld sie zurückweisen wird, weil es nicht erträgt, dass sie sich zu »wahrhaftigen Muslimen« entwickeln. Sie rät deshalb, genau das Gegenteil dessen zu tun, was der Daesch vorhergesagt hat: »Zeigen Sie ihnen, dass Sie sie lieb haben, umsorgen Sie sie, umarmen Sie sie, seien Sie bei ihnen … So wie Sie es getan haben, als sie klein waren. Gebrauchen Sie die gleichen Gesten, die gleichen Worte wie in ihrer Kindheit. Zu ihrem Verstand können wir im Moment nicht vordringen, deshalb müssen wir versuchen, ihr Herz und ihr Unterbewusstsein zu erreichen.« Sie erklärt, dass wir um jeden Preis die Verbindung zu ihnen halten müssen, und führt aus, was Carole schon an anderer Stelle mit auf den Weg bekommen hat: Die ihm vertrauten Menschen sollen versuchen, in dem Jugendlichen die Empfindungen wieder aufleben zu lassen, die er vor seiner Rekrutierung gekannt hat. Einige Eltern geben zu bedenken, dass es schwierig werden wird, eine Verbindung zu ihrem Kind herzustellen, weil dieses gar nicht mehr mit ihnen spricht. Eine Mutter kommentiert: »Ich habe einen anderen Sohn, der Autist ist, ich bin also daran gewöhnt. Man muss in seine Welt vordringen, und jedes Mal, wenn man diese Welt wieder verlässt, muss man ihn ein Stückchen mit sich ziehen.«

Ich hatte diesen Rat erst nicht ernst genommen, aber jetzt tauche ich in meine Erinnerungen ein. Ich werde mit Camille zum Döner-Laden gehen, im Kino mit ihr zum vierten Mal *Das Schicksal ist ein mieser Verräter* ansehen, Steven einladen und ihn darum bitten, seine marineblaue Hose und sein rotes T-Shirt anzuziehen, die Klamotten also, über die wir stundenlang gelästert haben, während wir auf dem Mäuerchen an der Turnhalle saßen.

## Camille

Ich glaube, ich drehe durch. Morgens fehlen mir meine Brüder und Schwestern, nachmittags habe ich Angst, dass ich nicht mehr den Mut aufbringe, meine Eltern zu verlassen. Papa hat meinen Internetzugang blockiert, ich kann mit niemandem mehr kommunizieren. Das ist manchmal ganz schön hart. Aber Sarah und Mama beschäftigen sich ununterbrochen mit mir und umsorgen mich. Ich mache mir Vorwürfe, weil ich gedacht habe, dass Mama mich nicht genug lieben würde. Sie hat sogar überlegt, mit mir nach London zu fahren, doch mein Vater hat sie daran erinnert, dass ich mich jeden Morgen bei der Polizei vorstellen muss wegen der gerichtlichen Kontrolle. Er meint, es sei noch zu früh, um nach einer Ausnahmegenehmigung zu fragen, mit der wir über die Grenzen können. Daran soll es nicht scheitern! Mama hat jetzt zwei Nächte in einem Hotel in Disneyland reserviert. Das ist schließlich auch eine schöne Reise, bei der man keine Grenze überqueren muss … Als ich klein war, sind wir mehrmals dort gewesen. Allein die Musik auf dem Hauptweg reichte, damit ich mich ganz weit weg träumen konnte. Ich verwandelte mich in eine Prinzessin. Eine Prinzessin, die Gutes tun und von allen geliebt würde. Mein Prinz kam und tanzte mit mir, wie bei Aschenputtel. Neben mir war ein Fantasiewesen, mit dem ich ununterbrochen redete. Ich musste auf meine Gesichtszüge aufpassen, damit meine Eltern nichts merkten. Ich fürchtete, sie würden mich für verrückt halten, wenn sie mich plötzlich lächeln oder die Stirn runzeln sähen, je nachdem, was ich gerade erlebte. Ich war wirklich in einer anderen Welt unterwegs und ging gleichzeitig neben ihnen her. Mein einziges Problem war, wenn sie mich ansprachen. Dann musste ich in meinem Kopf den »Pausenknopf« drücken und für einige Momente auf den Boden der echten Welt zurückkehren. Das kostete mich Kraft und Konzentration. Ich durfte nicht aggressiv werden. Das hätte niemand verstanden. Außerdem hatte ich ja nichts gegen meine Eltern. Sobald sie wieder schwiegen, seufzte ich und träumte mich wieder fort, mit einer Euphorie, die mich weit, weit weg trug … Ich vermischte die verschiedenen Prinzessinnen. Vom Ball kam ich direkt in die Wälder der Neuen Welt von Pocahontas. Und dort kämpfte ich an der Seite der Verfolgten. Das Gleiche passierte, wenn wir in den Zirkus gingen. Auch da träumte ich mich weit weg. Ich würde gern mal wieder in den Zirkus gehen … Ich erinnere mich noch an alle Details, als wäre ich dort. An die Details der Voltigiervorführungen ebenso wie an die meiner eigenen Träumereien. Ich gesellte mich zu den Artisten in die Manege und verliebte mich in den Größten von ihnen. Hoch oben im Festzelt fing er mich mit seinen starken Armen auf. Und dann warf er mich wieder in die Luft und fing mich wieder auf und warf mich wieder hoch … Manchmal fiel ich hinunter. Dann schrien die Zuschauer. Ein Krankenwagen kam, und mein Balancierkünstler weinte, so sehr liebte er mich. An diesem Punkt musste ich einen neuen Film starten. Und so folgte ein Abenteuer dem nächsten. Manchmal passierte mir das im Unterricht. Das war hart, denn wenn ich erst einmal weg war, fiel es mir ziemlich schwer, wieder zurückzukommen. Oft war es die Pausenklingel, die mich wieder zurückholte. Zum Glück hatte ich gute Noten, ohne viel dafür tun zu müssen … Manchmal fragte ich mich, ob ich wirklich normal war. Ich glaubte, ich würde mein Leben damit verbringen, mir ein Parallelleben zu erfinden, und fürchtete, dass ich aus meinem echten Leben nichts machen würde. Je öfter ich mich wegträumte, desto schwerer fiel es mir, mich in der realen Welt anzustrengen. Und dann war es plötzlich passiert. Ich war allein auf der Welt. Es herrschte absolute Leere. Wann genau war das? Und warum? Ich weiß es nicht …

## 17

## Sarah

Carole, meine Mutter und ich haben beschlossen, gemeinsam darüber nachzudenken, was man Camille wohl gesagt haben mag, um sie so umzudrehen. Die Polizeipsychologin sagt, dass man einkreisen muss, »wo der Daesch zugebissen hat«. Diese Metapher gefällt mir. Wir werden ein Gegengift finden, um das widerwärtige Daesch-Biest zu bekämpfen. Die Mächte des Guten werden über die Mächte des Bösen siegen, wie in *Star Wars.* Ich bin Feuer und Flamme, fest entschlossen. Camille zu retten, bedeutet für mich auch, die Augen der Terroristen zu bekämpfen, die mich noch immer verfolgen. Ich bin weit davon entfernt, die Dosis meines Beruhigungsmittels herunterzusetzen. Immer wieder sehe ich ihre Blicke und die Toten vor mir. Es ist unerträglich. Je mehr ich versuche, sie zu verscheuchen, umso stärker drängen sie sich mir auf. Also gebe ich mich geschlagen und schlucke meine kleine rosa Pille. Die wirkt garantiert. Dann kontrolliere ich wieder, was ich sehen will und was nicht. Es tut mir auch gut, aktiv zu sein, zu kämpfen. Tatenlos herumzusitzen ertrage ich nicht. Ich muss immer »irgendetwas machen«. Sonst fühlt es sich an wie ein kleiner Tod. Wenn ich mich bewege, lebe ich. Das oberste Ziel ist Camilles Rettung. Man hat nur eine allerbeste Freundin fürs Leben.

Meine Mutter fragt Carole über Camille aus: Wie war sie als kleines Mädchen? Welches sind die Grundfesten in ihrem Leben? Was hat sie geprägt, im Guten oder im Schlechten? Was wollte sie später einmal machen? Camilles Vater versucht, sich an die Titel der Bücher zu erinnern, die sie gern mochte. Er musste ihr jeden Abend immer wieder dieselben vorlesen. Über Monate hinweg. Es ging immer um einen Helden, der die Schwächeren beschützt. Ich lächele. Als wir in der Grundschule waren, brachten unsere Klassenkameraden immer die streunenden Katzen aus dem Viertel zu ihr. Camille versteckte sie im Fahrradschuppen. Jeden Morgen und jeden Abend gingen wir dort vorbei, nachdem wir die Reste aus unseren Kühlschränken geholt und bei ihr oder mir Milch stibitzt hatten. Dann spricht ihr Vater über Filme. Auch da war Camille im »repeat«-Modus. Und wenn sie irgendwann genug hatte, wandte sie sich einem anderen zu. Sie konnte zehn Mal denselben Film sehen, ohne sich zu langweilen, vor allem *2012*. »Damit hat sie ihre Ängste in den Griff bekommen«, meint meine Mutter. »Sie hat den Weltuntergang überlebt … War sie von Natur aus ängstlich?« Die Frage ist schwer zu beantworten. Ich habe Camille nicht als ängstlich erlebt … Sie hat immer so viel gelacht, gern gespottet und so weiter und so fort. Aber vielleicht war das nur eine Maske, hinter der sie ihre Angst versteckte? Wie soll man das wissen? Wir alle haben eine andere Camille kennengelernt. Ganz allmählich stellen ihre Eltern eine Verbindung zwischen dem Tod ihrer Großmutter und einer Veränderung in Camilles Verhalten her. Das war zu einer Zeit, als beide sehr viel zu tun hatten. Vielleicht waren sie nicht genug für sie da? Meine Mutter erwidert, dass diese Art der Schuldzuweisung zu nichts führt. Alle Eltern haben zu viel oder zu wenig gemacht … Sie erinnert sie an die rund fünfzig ganz verschiedenen Eltern, die neulich bei dem Treffen mit der Psychologin waren. »Nicht alle rekrutierten Jugendlichen haben ihre Großmutter verloren. Es waren auch arbeitslose Eltern dabei, Hausfrauen, Geschäftsfrauen … Ihr müsst euch auf die Angreifer konzentrieren, nicht auf euch selbst.« Die Bemerkung zeigt Wirkung, und jeder von uns konzentriert sich wieder, nicht auf die Angreifer, sondern auf Camille.

Plötzlich fragt meine Mutter, ob sie eine indiskrete Frage stellen dürfe. Sie findet, dass Camille Ähnlichkeit mit einigen ihrer Patientinnen hat, die magersüchtig sind oder sich ritzen. Häufig sind das junge Mädchen, die sich Fragen zu ihrer Identität stellen. Die, die nicht mehr essen, wollen nicht zulassen, dass ihr Körper sich in den einer Frau verwandelt. Die Nahrungsverweigerung führt zu einem Ausbleiben der Regel und verlangsamt die Entwicklung der Brüste. Die, die sich ritzen, greifen ihre körperliche Hülle an, um abzugrenzen, was ihnen gehört – ihren Körper also. Camilles Verhältnis zu ihrem Nikab, den sie jetzt »mein Schmusetuch« nennt, erinnert meine Mutter an das Bedürfnis, eine Rüstung zu tragen. Carole saugt ihre Worte förmlich ein, sie sucht nach einer Erklärung. »Warum haben diese jungen Mädchen ein Problem mit ihrer weiblichen Identität?«, fragt sie, um alles richtig zu verstehen. Auch ich bin ein wenig ratlos. »Das kann mehrere Gründe haben«, antwortet meine Mutter, »aber viele meiner Patientinnen haben Erfahrungen mit einem versuchten Übergriff gemacht. Manchmal haben sie dies in ihrem Unterbewusstsein vergraben. Es war schließlich nur ein Versuch … Aber es hat genügt, damit sich ein Gefühl der Unsicherheit in ihnen breit macht, das sie nicht mehr loslässt.« Carole reagiert schneller als ich. »Ein sexueller Missbrauch?«, entfährt es ihr. Meine Mutter nickt sanft: »Das ist nur eine Vermutung, eine Hypothese, aber was der Daesch ihr letztlich verspricht, ist eine Panzer-Kleidung, eine Welt ohne Geschlechtermischung und einen Prinzen, der als Held dargestellt wird, der sie immer beschützen wird. Hat sie vielleicht in der Schule irgendetwas erlebt? Vielleicht auch nur etwas Symbolisches?«

## Camille

Ich habe das Gefühl, in einer kleinen Kiste zu ersticken … Als ich mit Abucobra und den anderen Kontakt hatte, waren die Bindungen zwischen uns so stark. Der Islam war zu meiner Leidenschaft geworden, wie eine Fernsehserie. Jeden Tag haben wir uns getroffen und das Szenario für morgen entworfen. Und jetzt fühle ich mich völlig hilflos. Immer wieder lese ich mir unsere alten Unterhaltungen durch. Ist es möglich, dass wir uns alle getäuscht haben? Dass es das Paradies des asch-Scham gar nicht gibt? Wir waren doch so viele. Und es sind so viele, die dorthin gehen, genau jetzt, in diesem Moment … Wenn ich sie in den Fernsehnachrichten sehe, schlägt mein Herz schneller, am liebsten möchte ich sie umarmen. Das lässt mich wieder zweifeln, ich mache das nicht mit Absicht … Meine Eltern sagen, dass sie alle töten, sogar die syrischen Muslime, die sie zu retten versprochen haben. Aber es ist stärker als ich … Immer wenn die Journalisten Propagandabilder zeigen, mit denen sie sie denunzieren wollen, wäre ich am liebsten bei ihnen. Ich stelle mir vor, wie ich vor Ort bin, eingehüllt in meinen Nikab, der mir so fehlt, und zusammen mit meinem Mann aufbreche, um die Welt zu retten. Wenn ich ihre religiösen Gesänge, die *anaschid,* höre, frage ich mich, was ich hier noch tue, hier bei meinen Eltern. Ich greife nach der Fernbedienung, um den Fernseher auszustellen. Doch mein Vater glaubt, dass ich bestimmen will, und weist mich streng zurecht, dass nicht ich die Gesetze mache. Dabei will ich gar nicht bestimmen, ich will mich schützen. Er ist wirklich nicht besonders gut darin, mir zu helfen. Der Klang der Gesänge trägt mich fort, verzaubert mich. Ich fühle mich wieder stark, nichts kann mir etwas anhaben. Das erinnert mich an die Zeit, als ich keine Angst hatte zu sterben, als ich vor nichts Angst hatte. Das ist ein starkes Gefühl. Immer wenn ich mit ihnen zusammen war, fühlte ich mich befreit von dieser Welt, von dieser *dunya*.

Mein Vater hat mir mein Handy zurückgegeben. Er hat den Chip ausgetauscht, damit ich nicht ins Internet komme. Aber ich habe ein Gedicht wiedergefunden, das ich ganz zu Beginn meiner Bekanntschaft mit Abucobra, die mich sehr aufgewühlt hat, geschrieben habe: »Ich träume davon, dieses Land zu verlassen, mich von diesem Elend zu befreien, die Segel zu setzen und in eine neue Zeit aufzubrechen. Ich werde bei denen sein, die mir gleich sind, fern von euch und euren billigen Werten. Ja, ich träume davon, alles hinzuwerfen, alles hinter mir zu lassen und von vorn anzufangen. Ich träume davon, in ein Land aufzubrechen, das ihr niemals kennenlernen werdet und aus dem mich niemand zurückholen kann. Dazu braucht es Mut und die Bereitschaft, ein ganz neues Kapitel aufzuschlagen. Man muss ein Fremder sein, um sich in einem so weit entfernten gelobten Land, das niemand kennt, niederzulassen. Sie machen sich Sorgen um mich, aber ich werde fortgehen, auch wenn ich dabei umkomme. Ich habe nur ein einziges Ziel: in ein gefährliches Gebiet zu fliehen. Ich weiß, dass ich leiden werde, und vielleicht verliere ich darüber mein Lächeln, vielleicht sogar mich selbst. Aber ich muss es sehen, das ist eine Pflicht. Ich bin ein verlorenes Kind, ich fühle mich von eurer Welt ausgeschlossen. Lasst mich von meiner eigenen träumen …«

Als ich ausreisen wollte, war ich im Grunde wie tot. Ich hatte zu nichts wirklich Lust, ich hatte kein Ziel, ich war lediglich wie besessen davon auszureisen und darauf konzentriert, dass dies nicht misslingt. Das hat mir all meine Kraft geraubt. Ich war so abwesend, dass ich nichts um mich herum mehr wahrgenommen habe, auch meine Eltern nicht. Es gab nur sie: Abucobra, Oumkaïs, Iana und die anderen. Und wenn meine Lehrer, meine Freunde, meine Eltern und schließlich die Bullen mir drohten, war mir das vollkommen gleichgültig … Ich betrachtete es als Prüfung Allahs und fühlte mich dadurch noch mehr geschützt. Mir konnte nicht Schlimmes passieren. Dutzende Brüder und Schwestern mochten mich, ohne mich zu kennen. Ich hatte das Gefühl zu schweben … Wir waren alle gleich. Im Grunde waren wir eine einzige Person. Ich existierte nicht mehr. Ich litt nicht mehr. Wenn einer betroffen war, waren wir alle betroffen. Ich fühlte mich wie in einem Kokon. Und jetzt bin ich im freien Fall. Ich habe das Gefühl, mit hoher Geschwindigkeit ins Leere zu fallen, wie in meiner Kindheit. Wie oft bin ich nachts schreiend aufgewacht, weil ich im Dunkeln rasend schnell nach unten wirbelte, um dann in einem Wolfsnest zerschmettert zu werden. Ja, ich weiß, das ist ziemlich irrational, aber jede Nacht wartete da ein Wolf, der mich fressen wollte, und er hatte ein Nest, das aus menschlichen Knochen gebaut war.

## 18

### Sarah

Wir haben uns mit der Polizeipsychologin in einer kleinen Gruppe wieder getroffen. Sie hat uns erklärt, dass Camille Leute treffen müsse, die ihr ähnlich sind und die das Gleiche erlebt haben wie sie. Sie fragt mich, ob ich mir zutraue, sie dabei zu begleiten. Es sei sehr wichtig, dass die beste Freundin ihr zur Seite stehe. In meinem Kopf vervollständige ich: »allerbeste Freundin fürs Leben«. Natürlich werde ich sie dabei begleiten.

Also gehe ich mit Camille zur Präfektur. Sie sieht nicht gerade froh aus, aber ich habe sie untergehakt, so wie sie es mag. Auf der anderen Seite geht ihre Mutter. Sie weicht ihrer Tochter nicht mehr von der Seite. Als wir im Besprechungsraum angekommen sind, umarmt sie uns und sagt: »Bis nachher«. Das fühlt sich merkwürdig an, als wären wir wieder Kinder …

Wir setzen uns brav mit an den Tisch, ohne Lärm zu machen, denn die Sitzung hat bereits begonnen. Ein Mädchen namens Inès redet mit der Psychologin: »Es gibt da eine Sache, die mir nicht aus dem Kopf will. Sie haben mir gesagt, dass Allah beim Weltuntergang eine Auswahl treffen wird und dass nur die besten Muslime nach asch-Scham kommen. Die anderen würden abgewiesen … Diese Worte verfolgen mich. Ich werde noch schizophren. Wenn ich abends im Bett liege, denke ich, egal was ich tue, ich mache alles falsch. Wenn ich nicht nach asch-Scham gehe, werde ich in der Hölle sterben, weil ich ja nicht auf heiligen Boden gelangt bin. Wenn ich aber dorthin gehe, werde ich auch in der Hölle sterben, denn Sie sagen ja, dass sie Böses tun.« Die Psychologin antwortet ruhig, dass dieses ambivalente Gefühl ganz normal sei. Inès fährt fort: »Ich kann nicht mehr unterscheiden, was richtig ist und was falsch, was real ist und was irreal, ich habe kein Vertrauen mehr in niemanden, ich bin erledigt.« Die Psychologin lächelt und bekräftigt noch einmal: »Das ist verständlich, nach allem, was du erlebt hast. Dein Kartenhaus ist in sich zusammengefallen, du weißt nicht mehr, woran du dich orientieren sollst.« Sie hakt bei Inès nach: »Die besten Muslime … Du verstehst doch, dass die besten jene sind, die alle töten, die nicht denken wie sie? Sind das für dich die besten Muslime? Die, die andere töten?« Ein anderes Mädchen, Charline, antwortet, dass sie es schaffen, dass man das glaubt. Sie erklärt, dass sie tief in ihrem Innern sehr wohl wusste, dass Töten nichts Gutes ist. Doch nachdem sie ihren neuen Freunden eine Weile zugehört hatte, hat sie ihre Meinung geändert: »Sie sagen, dass es unsere Aufgabe ist, unsere Pflicht, weil sonst das Kalifat niemals wieder errichtet werden kann; dass wir selbst die Auswahl treffen müssen, wir müssen die Worte Allahs verkünden, wir müssen zeigen, dass die Muslime den anderen überlegen sind …« Inès bekräftigt: »Sie wollen, dass wir uns an einem Ort zusammenfinden und immer mehr Gebiete erobern, sie wollen, dass sich die Wahrhaftigen zusammentun, um sich überallhin auszubreiten.«

Ich kann mich nicht länger zurückhalten, ich ertrage es langsam nicht mehr, diesen ganzen Blödsinn anzuhören. Die Psychologin finde ich ziemlich cool. Sie ist weder überrascht noch schockiert über die Albernheiten, die diese Ignoranten hier als Islam präsentieren. Ich weiß, dass ich nicht aggressiv reagieren darf, also sage ich es ganz behutsam: »Ihr wisst aber schon, dass in allen drei monotheistischen Religionen Gott es ist, der Leben schenkt und es wieder nimmt? Wer tötet, nimmt den Platz Gottes ein. Wisst ihr, dass wir deswegen Halal essen? Worin besteht denn das Halal-Ritual? Damit zeigt man Gott, dass man das Tier aus Notwendigkeit getötet hat und nicht zum Vergnügen. Ihr könnt euch vielleicht vorstellen, dass, wenn wir das wegen eines einfachen Huhns machen, wir nicht einem Menschen das Leben nehmen können!« Am Ende bin ich vielleicht doch ein wenig aggressiv geworden, weil niemand etwas sagt. Stille lastet auf dem Raum. Camille döst vor sich hin und betrachtet ihre Schuhe. Dann ergreift plötzlich ein drittes Mädchen das Wort: »Der Zweifel ist immer da, immer wieder fragen wir uns, ob der Daesch wirklich gut oder schlecht ist. Wir stellen uns viele Fragen, zumal wir wissen, dass die Muslime, die dorthin ausgereist sind, ursprünglich Gutes tun wollten. Andererseits sagen wir uns, dass Gott nicht befohlen haben kann zu töten. ›Wer einen Menschen tötet, tötet die gesamte Menschheit‹ … Also wird man völlig schizophren im Kopf: Es gibt Tage, da will man bleiben, und Tage, da will man fort, es gibt Momente, da will man fort und Momente, da will man bleiben … Mal bewundert man sie, dann erscheinen sie einem wieder niederträchtig …« Zu meiner großen Überraschung sehe ich, wie Camille sich plötzlich aufrichtet und das Wort ergreift. Sie sagt, sie verstehe jene, die bereit sind zu töten, denn da man immer wieder von getöteten Kindern hört, ist man am Ende davon überzeugt, dass alle, die nichts für die Rettung dieser Kinder tun, Komplizen derer sind, die sie umbringen. Sie fügt hinzu, dass nun, da sie diese Videos von vergasten Kindern nicht mehr sehe, sie diese Gedanken nicht mehr habe. Die Psychologin hakt dort ein. Mir ist klar, dass sie darauf gewartet hat, dass Camille sich öffnet. Sie fragt: »Keinen Internetzugang mehr zu haben, ermöglicht dir also, wieder selbst zu denken?« Camille nickt.

## Camille

Es war richtig, dass Sarah und meine Mutter mich mit hierher genommen haben. Es tut so gut, wieder unter Schwestern zu sein. Natürlich ist es nicht wie mit Iana oder Oumkaïs … Aber wir verstehen uns trotzdem. Wir haben das Gleiche erlebt und die gleichen Gedanken gehabt. Ich fühle mich dadurch weniger allein. Wenn ich ihnen zuhöre, höre ich mich selbst denken. Alles, was in meinem Kopf ist, wird besser hörbar. Als würden meine Gedanken sich ganz allmählich sortieren, einer hinter den anderen. Langsam wird mir auch klar, dass ich eigentlich nicht viel über den Islam weiß. Das habe ich erst gemerkt, als Sarah vom Sinn des Halal geredet hat.

Auf dem Rückweg geht Mama voran. Sie hat eine solche Angst, dass ich wieder verschwinde. Das rührt mich. Gestern Abend hat sie mich gefragt, ob ich den Eindruck hätte, dass sie sich in einen Wachhund verwandelt habe. Ich musste lachen. »Nein, du hast dich in eine Glucke verwandelt!« Sie, die früher so viel Wert auf meine Selbständigkeit, meine Unabhängigkeit, »meinen Freiraum« gelegt hat … Als ich klein war, hat sie mich immer allein zuhause gelassen, wenn sie zu ihren Abendbesprechungen musste. Das war zu einer Zeit, als meine Eltern sich getrennt hatten. Wenn ich ihr Auto an der roten Ampel am Ende der Straße halten sah, zählte ich bis fünf. Wenn die Ampel vorher auf Grün sprang, bedeutete das, dass ich sie wiedersehen würde. Wenn die Ampel rot blieb, begann ich zu weinen. Dann suchte ich überall nach dem hungrigen Wolf, der darauf wartete, mich zu fressen. Jetzt teile ich alles mit ihr. Aber komischerweise macht mir das sogar Spaß, und das habe ich ihr auch gesagt. Sie hat seufzend erwidert: »Vielleicht habe ich dich zu früh wie ein großes Mädchen behandelt …« Da habe ich so getan, als würde ich am Daumen nuckeln, und wir mussten beide lachen.

Während wir nebeneinanderher laufen, redet Sarah über Gott. Mir fällt auf, dass wir zum ersten Mal so ein Gespräch führen. Sie sagt, der Islam sei eine universelle, zeitlose Religion, da er die Herzen der Menschen auf ganz unterschiedliche Weise berühren könne. Das führe dazu, dass jeder Vers auf unterschiedliche Art verstanden werden könne, je nachdem, wer ihn liest und was derjenige erlebt hat. »Für die Muslime ist der Koran das Wort Gottes, aber die Interpretation ist immer eine menschliche«, sagt Sarah. »Das ist wie bei einem Gedicht von Rimbaud: Egal, ob du 10, 30 oder 60 Jahre alt bist, das Gedicht ändert sich nicht, aber dir erschließt sich bei jedem Lesen eine weitere Bedeutung. Genauso ist es beim Koran. Sonst wäre er schon längst aus der Mode gekommen. Es ergibt keinen Sinn, ihn so verstehen zu wollen wie unsere Vorfahren in den ersten Jahrhunderten. Ich bin sicher, das haben sie dir eingeredet.« Ich zucke mit den Schultern. Die Wahrheit ist: Immer wenn ich ihnen Fragen stellte oder ihnen etwas entgegen hielt, das ich woanders gelesen hatte, antworteten sie automatisch, dass der Autor ein Verirrter sei. Warum ich ihnen dann überhaupt zugehört habe? Sarah fragt mich das ganz freundlich. Ich erwidere ehrlich: »Im Grunde ist es so, dass du ohne sie nicht existierst. Du existierst nur mit ihnen zusammen, nur in Verbindung mit ihnen … Du kannst also gar nicht anders denken. Manchmal zweifelst du, häufig sogar … Aber das du kannst nicht zum Ausdruck bringen, denn damit würdest du dich von der Gruppe ausschließen.« Sarah sieht mich mit ihren großen braunen Augen an und murmelt ganz leise: »Du hattest mich vollkommen vergessen, ich existierte nicht mehr für dich, oder?« Was soll ich darauf antworten? Wie soll ich ihr sagen, dass ich nichts anderes mehr gesehen habe als einen schwarzen Punkt, dort hinten, in weiter Ferne? Und dass überall sonst undurchdringlicher Nebel war? Es dämmert bereits, trotzdem sehe ich, wie ihr eine Träne über die Wange läuft. Und ich merke, dass ich ebenfalls weine. Wir nehmen uns in die Arme und halten uns ganz fest, ohne uns zu bewegen. Ich murmele: »Wir haben uns verloren, aber wir haben uns wiedergefunden. Und wir werden uns immer wiederfinden …« Mama betrachtet uns von weitem. Sie weint auch.

# 19

## Sarah

Camille hat das Treffen in der Präfektur so gut getan, dass wir am übernächsten Tag wieder hingegangen sind. Sie treffen sich dreimal in der Woche. Wer Lust hat, geht hin. Es erinnert mich an die Anonymen Alkoholiker: »Guten Tag, ich heiße Charline, und ich wollte nach Syrien ausreisen. Meine virtuelle Familie fehlt mir, aber ich halte durch.« »Hallo, mein Name ist Inès, und ich wollte auch nach Syrien gehen. Ich bin von meiner virtuellen Familie entwöhnt, aber ich brauche immer noch meinen Dschilbab. Damit fühle ich mich geschützt …« So nenne ich sie, die falschen neuen Freunde: eine »virtuelle Familie«. Sie glauben, dass sie einander nahe sind, kennen sich aber gar nicht. Ganz schön dumm gelaufen …

Heute sind nicht dieselben Jugendlichen da. Es sind mehr Jungen, darunter ein Volljähriger, der einer echten Gruppe aus Fleisch und Blut angehört hat. Die Attentate auf *Charlie Hebdo* und den Hyper Cacher haben ihn sehr aufgewühlt. Er hat sich tagelang unter seiner Bettdecke verkrochen. Er fühlte sich verantwortlich, weil er einige der Brüder kannte, die diese Morde unterstützt haben. Das war anders, als wenn man von

Attentaten in anderen Ländern erfährt. Er fühlte sich doppelt getroffen: Weil es in Frankreich passiert war, und weil es französische Terroristen waren. Er hatte das Gefühl »in der Sache drin zu stecken«. Als er selbst noch »mittendrin« war, wurden Mord und Tod banalisiert. Aber als er gesehen hat, wie sie zur Tat geschritten sind, war das eine schreckliche Erfahrung. Es gab echte Tote ... Nach dem Anschlag auf das Bataclan sei er wieder unter seine Decke gekrochen, erzählt er. Der Psychologin erklärt er, dass die Gruppe, mit der er sich getroffen hat, sich monatelang nur eine einzige Frage stellte: Ob der Mudschaheddin, der zum Märtyrer wird, Suizid begeht oder nicht. Kann er sicher sein, ins Paradies zu kommen? Wenn es Selbstmord ist, kommt er direkt in die Hölle, denn Gott erlaubt nicht, dass man sich selbst das Leben nimmt ... Über die Opfer haben seine Brüder und er nie nachgedacht. Der Gedanke, dass Gott nicht akzeptiert, dass man einem anderen das Leben nimmt, kam ihnen gar nicht. Wie auch. Wenn ich das richtig verstanden habe, waren »die anderen« in ihren Augen keine wirklichen Menschen. Nur wer dachte wie sie, war ihnen gleich. Das Einzige, was sie interessierte, war ihre eigene Stellung. Jetzt denkt er, dass als Selbstmordattentäter zu sterben eine Art Abkürzung für Faule ist. Anstatt sein ganzes Leben lang mit gutem Benehmen zu glänzen, macht man sich eine schöne Zeit, trinkt Alkohol, trifft sich mit Mädchen, geht tanzen, kümmert sich nicht um seine Eltern, und wenn man das dann genug ausgekostet hat, sprengt man sich in die

Luft und holt sich damit auf direktem Wege seine Eintrittskarte ins Paradies …

Ich bin sprachlos. Die Psychologin, die trotz all dieser Monstrositäten immer noch genauso ruhig ist, möchte wissen, mit wem er zum ersten Mal darüber gesprochen habe, Märtyrer zu werden. Er überlegt eine Weile und erzählt dann, dass das nach und nach passiert sei. Am Anfang hat man mit ihm über die Hidschra gesprochen, die Pflicht, in ein muslimisches Gebiet auszuwandern. Dann hat man ihm gesagt, dass nur das Daesch-Gebiet muslimisch sei und die Regierungen der anderen Länder alle korrupt seien. Später hat sich das Thema der Gespräche von der Hidschra auf den Dschihad verlagert, denn der wahrhaft muslimische Raum müsse schließlich verteidigt werden. Und vom Dschihad sind sie dann auf den Märtyrer gekommen. »Nach einer Weile benutzt man dieselben Worte, man versteht sich untereinander … Aber der, der das Gespräch leitet, sagt dir nie direkt, was er meint. Er macht Andeutungen, gibt kleine Hinweise, damit du selbst nach der Antwort suchst. Eigentlich redet er die ganze Zeit vom Dschihad und dann vom Märtyrertum, nur dass er nicht offen darüber spricht. Er flüstert dir ständig etwas ein. Im Grunde indoktrinierst du dich selbst. Wir sind alle unsere eigenen Gurus. Wir sind alle gleichermaßen Opfer und Täter.«

Camille nickt. Ich drücke ihre Hand, um ihr Mut zu machen, etwas zu sagen. So haben wir das bei mündlichen

Prüfungen immer gemacht. »Gib mir Saft«, hat sie immer gesagt und dabei gelacht. Ich drücke ihre Hand drei Mal, als würde ich einen Akku aufladen, das ist unser Code. Sie öffnet den Mund: »Was mich am Islam fasziniert hat, ist das Paradies, weil das für immer ist …« Ich lasse ihre Hand abrupt los. Es ist stärker als ich, es verletzt mich. Es ist, als hätte sie mir gerade gesagt, dass ich nicht für immer da sein würde … Sie scheint das zu spüren, denn sie sucht nach Worten. Meine Eifersucht ist unangebracht und absurd. Ich nehme ihre Hand wieder sanft in meine. »Mit mir hat niemand über den Märtyrertod gesprochen«, fährt sie fort, »dafür aber über den Weltuntergang. Und ich sollte nach Syrien gehen, damit ich auch wirklich ins Paradies komme. Außerdem hätte ich dort für siebzig Personen ein gutes Wort einlegen können, auch für meine Eltern, die keine Muslime sind.«

Ich bin es, die antwortet: »Sie haben sich deine eigenen Ängste zu Nutzen gemacht, um dir Angst einzujagen. Alle haben Angst vor dem Sterben und davor, die zurücklassen zu müssen, die sie lieben. Sie greifen also mit ihrer Propaganda deine Angst auf, die völlig normal ist. In allen Religionen wird das Ende der Welt beschrieben. Und es stimmt, dass man uns im Islam sagt, dass dies im asch-Scham stattfinden wird. Aber niemand kann wissen, wann das sein wird … Das ist wie mit der Voraussage der Maya, die angeblich geweissagt haben, dass im Jahr 2012 alles erlöschen wird. Außerdem ist die Vorstellung vom Jüngsten Tag im Islam mit der der Menschlichkeit verknüpft. Im Koran heißt es, dass selbst wenn die Welt untergeht, man noch einen Baum pflanzen soll. Das bedeutet, dass das Ende der Welt nicht ins Nichts führt. Oder anders gesagt, das Leben wird immer triumphieren. Das Leben hat immer Vorrang. Das Leben ist stärker als der Tod, ganz im Gegensatz zu dem, was der Daesch ständig wiederholt.« Ich drücke ihre Hand noch fester.

Eine Nadja mischt sich ein: »Und hast du nie gedacht, wenn Gott dich auf die Erde gebracht hat, will er auch, dass du lebst? Wenn du gläubig bist, musst du doch Vertrauen in Gott haben, oder?« Camille verneint, sie habe sich immer gesagt, dass das ihr Schicksal sei. Der Junge von eben ergänzt: »Man redet sich ein, dass Gott uns prüfen will. Im Grunde ist es, als sei das Sterben für Allah der beste Beweis, den man ihm geben kann, man schenkt ihm das eigene Leben.« Nadja folgert knapp: »Letztlich schafft ihr den Beweis, den ihr Gottesbeweis nennt, doch selbst; ihr müsst euch also etwas beweisen, über euch hinauswachsen, oder?« Die Psychologin ist sehr zufrieden und knüpft daran an. Sie wendet sich an Camille: »Du hattest Schwierigkeiten im Leben, und sie haben das ausgenutzt, um dir einzureden, es sei eine göttliche Mission. Was denkst du aus deiner heutigen Sicht: Warst du es, die sterben wollte, oder war es Gott, der das wollte?« Camille antwortet widerwillig: »Vielleicht war ich es …« Die Psychologin bittet sie, das noch einmal zu wiederholen, denn das sei sehr wichtig. Camille sagt noch einmal, ja, sie denke, dass sie es war, die sterben wollte … Die Psychologin ruft aus, es sei großartig, wenn es einem gelinge, diesen Satz auszusprechen, denn das bedeute, dass man wieder eine eigenständige Person werde. »Es ist großartig, Camille, dass du weißt, dass das, was sie dir als göttliche Mission dargestellt haben, eigentlich dein eigenes Problem war. Du warst es, die sterben wollte, nicht Gott, verstehst du? Du wirst wieder zu einem vollständigen Individuum. Du bist ein Individuum, das sterben wollte.« Die Psychologin ist zu weit gegangen. Das ist ganz schön hart. Sie sieht nur, dass Camille sich von ihrer Gruppe gelöst hat und wieder selbst denkt. Aber meine Camille wird sich gerade darüber bewusst, dass sie bereit war, zu sterben … Sie ist total traurig: »Ja, ich habe verstanden, dass ich nur eine Jugendliche war, die sterben wollte.«

## Camille

Meine Mutter hat uns ganz allein herkommen lassen, und auf dem Rückweg von der Präfektur muss Sarah mich fast tragen. Als wir an »unserem Park« vorbeikommen, setzen wir uns schweigend auf »unser Lieblingsmäuerchen«. Sarah hat verstanden, dass es mir schwer fällt zu reden. Wir verstehen uns ohne Worte. Als ich klein war, kam mir dieser Park riesig vor. Jetzt sehe ich, dass er nicht größer ist als ein Taschentuch. Das nennt man Relativität, würde mein Vater sagen. Immer wenn wir wichtige Entscheidungen treffen müssen, setzen wir uns auf dieses Mäuerchen. Hier haben wir uns gegen Deutsch als erste Fremdsprache entschieden, hier hat Sarah eingewilligt, mit Jean ins Kino zu gehen (sie hat es bereut, aber gut …), hier habe ich beschlossen, nicht mit Steven auszugehen. Hier haben wir abgemacht, uns beide rote Schuhe zu kaufen. Als Sarah von zu Hause abgehauen war, nachdem sie sich mit ihrer Schwester gestritten hatte, habe ich sie hier auf unserem Mäuerchen gefunden. Ich wusste, dass sie hier sein würde. Sollten wir eines Tages getrennt werden, würden wir unter dem Mäuerchen kleine Briefe füreinander verstecken. Aber keine von uns käme auf die Idee, mit jemand anderem hierher zu kommen. Nicht einmal mit dem Mann unseres Lebens. Das wäre Verrat. Es ist unser Mäuerchen. Ein kleiner Wind kommt auf und streicht uns über die Haut. Leise sage ich zu Sarah, dass ich damit klarkomme, nicht mehr ins Internet gehen zu können, weil ich sie wiedergefunden habe und weil sie allein mir mehr Kraft gibt als alle meine falschen Freunde. Sie lächelt mich an und umarmt mich. »Ich mag dich, weil ich dich kenne. Ich mag es, wenn du mich zum Lachen bringst, wenn du herumalberst, aber ich mag dich auch, wenn es dir schlecht geht, wenn du traurig bist. Ich mag dich so wie du bist, nicht für das, was du zu sein scheinst, nicht für die Vorstellung, die ich mir von dir mache, nicht, weil du so denkst wie ich … Egal was du tust, ich werde dich immer lieb haben, ich werde immer für dich da sein.« Ich muss meine Tränen zurückhalten. Ich schäme mich dafür, dass ich Sarah so einfach aus meinem Leben streichen konnte. Dann fragt sie mich, warum ich so traurig bin. Ich antworte ehrlich. Mein Dschilbab fehlt mir ganz schrecklich … Ich gestehe ihr, dass, wenn es den Dschilbab nicht gegeben hätte, ich nicht Muslimin geworden wäre. Sie verbirgt ihre Überraschung nicht, bleibt aber sanft. Zunächst erinnert sie mich daran, dass die verhüllende Kleidung wie der Dschilbab oder der Nikab aus antiislamischen Traditionen der Paschtunen-Stämme in Afghanistan hervorgegangen sind. Die Wahhabiten in Saudi Arabien haben dieser Kleidung vor achtzig Jahren einen sakralen Charakter verliehen, um die identitätsstiftenden weiblichen Konturen zu verwischen. »Der Islam ist vierzehn Jahrhunderte alt, der Nikab achtzig Jahre«, wiederholt sie, um mir klarzumachen, dass das nicht viel mit dem Islam zu tun hat. »Es ist ein neues muslimisches Kleidungsstück, keine Rückkehr zu den Wurzeln wie ›sie‹ es dir einreden wollen. Sie wollen damit erreichen, dass du vergisst, wer du bist, weil ihr ›alle gleich werdet‹. Sieh mal, wenn du ein Kopftuch trägst, bleibst du eine Frau, die ihr Tuch passend zur Farbe ihrer Bluse auswählt. Wenn du einen Dschilbab oder einen Nikab trägst, wirst du ein Niemand, und genau das ist es, was sie wollen. Dass du dich vergisst, dass du ein Abziehbild von vielen wirst. Ihr seid alle gleich, und nach und nach löst ihr euch in eurer Gruppe auf. Sie verschluckt euch, wenn du so willst. Das

Gleiche machen sie übrigens mit den Männern. Du hast ja gesehen, in ihren Propagandavideos kann man von ihnen auch nicht viel erkennen … Es gibt keine Individuen mehr.«

Dann hält sie inne und sieht mir in die Augen: »Wichtig ist, dass du anfängst zu verstehen, warum er dir fehlt.« Gute Frage … Warum fühle ich mich im Dschilbab so gut? »Wenn ich ihn trage, habe ich das Gefühl zu existieren. Ja, das ist es, ich habe das Gefühl, in Sicherheit zu sein, wenn ich mich darin verkrieche.« Über Sarahs Augen huscht ein Schimmer. Sie hakt noch einmal nach und hält mich dabei in den Armen: »In Sicherheit wovor, Camille? Vor wem? Hat jemand dir wehgetan? Hat jemand versucht, dir wehzutun?«

# 20

## Sarah

Mein Vater ruft mich an und spricht in einem kalten, autoritären Ton: Ich soll bleiben, wo ich bin, die GPS-Ortung meines Handys deaktivieren und mit niemandem reden, »polizeiliche Anordnung«. Oje oje, sein Ton lässt mir das Blut in den Adern gefrieren. Ich habe meinen Vater noch nie mit dieser Stimme reden hören. Drei Minuten später höre ich meine Mutter durch mein iPhone schreien: »Hallo, wo bist du?« Ich antworte, dass ich immer noch im Supermarkt bin und vor dem Watte-Regal Wurzeln geschlagen habe: Vor mir liegen Wattebäusche, Wattepads, lose Watte … Sie holt mich ab, ich soll mich nicht vom Fleck rühren. Das hatte ich schon verstanden. Ich frage mich, warum sie so panisch sind. Als sie kommt, sieht sie aus wie eine Spionin: Sie trägt einen großen Hut, der ihr bis über die Augen reicht, und einen Schal, der bis zur Nase hochgeht. Als wir im Auto sitzen, erklärt sie mir, dass ein Mann bei Carole geklingelt hat, um »die Lampe anzusehen, die sie online eingestellt hat«. Da ich immer noch nicht verstehe, fügt sie hinzu, dass der Typ direkt an ihrer Tür geklingelt hat und dann wieder zum Fahrstuhl gegangen ist. Er hat an keiner anderen Tür geklingelt, wie es jemand tun würde, der nach der richtigen Adresse sucht. Dieses verdächtige Verhalten beweist, dass sein Anliegen nur ein Vorwand war. Es muss jemand aus dem terroristischen Netzwerk gewesen sein, der den Auftrag hatte, Camilles Adresse zu überprüfen. Camille hatte ihren falschen Freunden ihre Adresse gegeben, weil die ihr einen Nikab schicken wollten. »Der Daesch weiß also, wo sie wohnt!«, ruft meine Mutter aus. Bei dieser Nachricht läuft es mir eiskalt den Rücken herunter, dennoch versuche ich zu relativieren: »Vielleicht nicht der ›ganze Daesch‹, vielleicht nur die drei oder vier Gestörten, mit denen sie zu tun hatte. Aber die werden sich doch niemals zu erkennen geben, die wollen ja nicht, dass ihr schmutziges Geschäft auffliegt …« Meine Mutter wirft mir einen finsteren Blick zu. »Als ob die drei oder vier Gestörten nicht miteinander kommunizieren würden …« Ich sage nichts mehr, denn mir ist klar, dass sie ihre Meinung nicht ändern wird. Es ist gerade ziemlich viel für sie. Ich weiß, dass ich nicht die Einzige bin, die wegen des Bataclan Albträume hat. Ich habe mehrmals gehört, wie mein Vater meine Mutter mitten in Nacht beruhigt hat … Da Camilles Vater gute Beziehungen hat, ist die Polizei gleich zu ihnen gekommen. Sie waren zu sechst und sind zunächst das gesamte Haus abgegangen, inklusive Treppen und Fahrstühle, um sicherzugehen, dass der Typ weg ist. Dann sind drei von ihnen in die Wohnung hochgegangen, während die anderen bei den Nachbarn geklingelt haben, um zwei Dinge zu überprüfen: Ob jemand eine Lampe zum Verkauf ins Internet gestellt hat und ob am Morgen zwischen 8 und 9 Uhr ein Mann bei ihnen geklingelt hat, um eine Lampe zu kaufen. Da alle Nachbarn beides verneint haben, sind Camilles Eltern im Polizeiwagen mit aufs Revier gefahren, um eine Aussage zu machen. Sie haben ihnen eine ganze Reihe Fotos gezeigt, aber Carole hat den Betrüger nicht wiedererkannt. Es scheint noch einige andere Merkwürdigkeiten gegeben zu haben, von denen Camille und mir niemand erzählt hat. Zum Beispiel erhält Camilles Vater anonyme Anrufe, bei denen immer aufgelegt wird. Ich weiß zwar nicht, warum der Daesch Camilles Vater anrufen sollte, nur um dann nichts zu sagen, aber gut … Alle sind angespannt. Das ist ja auch irgendwie normal. Auch Camille ist ein bisschen paranoid. Inzwischen glaubt sie, sie überall zu sehen. Neulich Abend musste ich ihr gut zureden, weil sie alle Bärtigen für Freunde des Daesch hielt. Da habe ich ihr zum ersten Mal vom Bataclan erzählt. »Glaub mir, die waren alle rasiert.« Camille war schockiert. Sie hatte noch gar nicht richtig mitbekommen, was mir passiert war. Sie hat mich fest an sich gedrückt und gemurmelt: »Diese Schweine …«. Da ich aber nicht wollte, dass sie ihre Nähe zu ihnen vergisst, habe ich noch einen drauf gesetzt. Ich habe sie an ihre Verkleidephase erinnert: »Du erinnerst dich aber schon noch an die Woche, als du im Minirock zur Schule gekommen bist? Stärker geschminkt als gewöhnlich? Die Leute, die zur Tat schreiten wollen, kündigen das nicht an, Camille … Das habe ich zumindest verstanden, und das habe ich dir zu verdanken.« Ich bin zu weit gegangen. Ich habe mit ihr geredet, als würde sie zu ihnen gehören. Aber sie kann doch auch nicht so tun, also würde sie gerade zum ersten Mal von ihnen hören! Die Psychologin hat gesagt, dass sie ihre Taten akzeptieren müsse und nicht mehr vor der Realität fliehen dürfe. Außerdem ergeht bald ihr Urteil. Die Anklagegründe haben sich geändert. Die Beweisaufnahme hat ergeben, dass Camille nicht die ursprüngliche Anstifterin war und schon gar nicht zur Vorbereitung von Attentaten aufgerufen hat. Sie wird lediglich dafür verurteilt, dass sie versucht hat auszureisen, um sich einer terroristischen Vereinigung anzuschließen. Aber auch in ihrer neuen Vorladung taucht das Wort »Terrorist« auf. Sie ist ja auch nicht angeworben worden, um Brot kaufen zu gehen! Ihr Anwalt meint, dass sie mit einer elektronischen Fußfessel und Bewährung davonkommt. Das beruhigt mich. Schließlich kann man nicht so tun, als sei nichts passiert. Und so kann sie uns wenigstens nicht einfach sitzen lassen. Camilles Gesicht ist verschlossen. Ich frage sie, ob sie mir böse ist und entschuldige mich dafür, dass ich so grob war. Sie küsst mich auf die Wange: »Ich weiß, dass du es gut meinst. Ich kenne meine Schwächen: Bei mir ist entweder alles weiß oder schwarz … Und ich bin weit davon entfernt, ganz weiß zu sein … Bis gerade eben habe ich nicht einmal an die 130 Toten vom 13. November gedacht. Ich schäme mich dafür. Könnten wir zusammen dorthin gehen, damit ich mich ein wenig sammeln kann?« Wir laufen bis zum Bataclan und lesen all die kleinen Zettel an den Blumensträußen und den Photos. Das dauert lange. Unsere Tränen fließen von ganz allein, im Stillen, mit Würde. Vor dem Foto einer jungen Frau, die aussieht wie ein Kind, nehmen wir uns an den Händen, drehen sie gegen den Himmel und sprechen mit geschlossenen Augen zusammen die Fatiha*. Nach dem Gebet küssen wir unsere Hände, damit das Leben sie durchströmt.

## Camille

Letzte Nacht hatte ich einen Albtraum. Ich war in einer vollkommen dunklen Zelle in Syrien eingesperrt. Unter meinen Füßen die nackte Erde, überall waren Insekten. Sarah war in der Zelle nebenan. Sie sprach mit jemandem auf Arabisch. Ich schrie: »Hilf mir, Sarah, geh nicht ohne mich, ich flehe dich an!« Es gelang mir, aus meiner Zelle zu fliehen. Ich öffnete die von Sarah, aber sie war leer. Ich kam aus dem Gefängnis nicht heraus, überall waren hohe Mauern. Ich heulte auf, aber kein Ton drang durch die Mauern. Schwarzgekleidete Männer kamen mit einer Eisenstange auf mich zu. Sie sagten, dass sie mich für immer zum Schweigen bringen würden. Voller Angst

* Eröffnungssure des Koran, die am Anfang eines jeden Gebets steht.

bin ich aufgewacht. Es war mein erster Albtraum vom Daesch. Sarahs Mutter meint, das sei ein gutes Zeichen: Meine Ängste verflüchtigen sich, während ich schlafe. Ich frage mich trotzdem, ob der Traum nicht eher eine Vorahnung ist: Papa und Mama sind auf dem Polizeirevier wegen Abucobra, der offenbar versucht, mich zurückzuholen. Ganz schön dreist von ihm. Es kann ihm kaum entgangen sein, dass ich ihr wahres Gesicht erkannt habe … Wie kann er es da wagen, mir weiter nachzustellen? Ich beschließe, für fünf Minuten auf dem Tablet meiner Mutter ins Internet zu gehen, nur um die Dinge klarzustellen. Wie von selbst finden meine Finger die Passwörter wieder, über die ich mich in meinem Snapchat-Account einlogge. Diese Bewegungen sind mir so vertraut, als hätten sie mich mein Leben lang begleitet. So wie wenn man an einen Ort zurückkehrt, an dem man aufgewachsen ist, der einem so vertraut erscheint, als sei man nie von dort fortgegangen. Abucobra ist wie immer online. Ich spreche ihn direkt an und spare mir sogar den muslimischen Gruß. Ich gebe ihm keine Zeit, mir zu antworten und schreibe weiter: »Es ist mir wichtig, dir zu sagen, dass ich weiß, wer du bist. Ich weiß auch, dass es in Syrien kein humanitäres Projekt gibt. Ihr bringt alle um, die sich euch nicht unterwerfen, die syrischen Sunniten eingeschlossen. Ihr kolonisiert sie, pfercht sie in Zelten zusammen, ohne Medikamente. Die Reichen unter ihnen kommen hierher, ins Exil. Es ist eine verkehrte Welt … Ich weiß auch, dass ihr lügt, wenn ihr den Brüdern und Schwestern ein schönes Haus mit Swimmingpool ohne Gegenleistung versprecht. Und obendrein eine Gesellschaft mit schönen Werten. In Wirklichkeit trennt ihr die Männer von den Frauen und Kindern und zwingt sie, in Trainingslager zu gehen. Wenn sie sich weigern, sperrt ihr sie wegen Spionage ein oder erschießt sie. Und die alleinstehenden Frauen behandelt ihr wie Spioninnen, wenn sie nicht den erstbesten Mann heiraten. Alle, die ihr für Spione haltet, sperrt ihr ein, ohne die kleinste Regel des Islam zu beachten: Um einen Verrat zu beweisen, sind im Islam vier Zeugen erforderlich, und ihr habt nicht mal einen einzigen. Beim Daesch findet man nicht den kleinsten Funken Islam. Und in euren Gefängnissen liegt nicht einmal der Koran aus. Findet ihr es nicht merkwürdig, dass die, die an euch geglaubt haben, einer nach dem anderen zurückkehren? Dass sie lieber fünfzehn Jahre Gefängnis hier in Kauf nehmen, als einen Tag länger bei euch zu bleiben? Dabei haben diese Brüder ein enormes Risiko auf sich genommen, um zu euch zu gelangen. Hier haben sie alles verloren: ihre Wohnung, ihre Familie, ihren Job, ihren Ruf … Vorher sagten sie, dass sie lieber im asch-Scham sterben würden als einen Tag länger in einem Land von Ungläubigen zu leben. Jetzt sind es mindestens 300, die lieber ins französische Gefängnis gehen als einen Tag mehr mit euch zu verbringen. Die Dawla ist eine Mafia! Der Daesch hat dafür gesorgt, dass es kein asch-Scham mehr gibt. Ihr habt alles zerstört! Der Geruch zerstückelter Körper hat den Duft des Paradieses ausgelöscht. Das Schwarz der Bomben hat das Grün der Wiesen ausgelöscht. Die Mächte des Bösen haben die Mächte des Guten verdrängt. Und ich habe geglaubt, dass wir eine bessere Welt erschaffen würden, aber der Schaitan, das seid ihr! Also lasst mich in Ruhe.«

Ich will mich ausloggen, aber es ist stärker als ich. Ich warte. Er antwortet mir, als sei nichts gewesen: »Salam aleikum Oumhijra, Gott hat entschieden, dass du noch nicht bereit bist, nur Gott weiß das. Ich werde für dich beten. Allahu akbar.« Diese Gleichgültigkeit verletzt mich mehr als Beleidigungen. Er redet mit mir, als würde er mich nicht kennen. Stundenlang haben wir gechattet, um nicht zu sagen tage- und nächtelang. Ich habe mich ihm anvertraut. Ich habe ihm mein ganzes Leben offenbart, ihm Dinge erzählt, von denen nicht einmal Sarah wusste … Es verletzt mich, dass er mich behandelt, als würde ich in seinen Augen nicht mehr existieren, als hätte ich nie existiert. Ich möchte ihm sagen, dass es mir ernst war, dass ich wirklich eine bessere Welt wollte, dass ich geglaubt habe, genau das sei der wahre Islam. Er ist es, der nicht Wort gehalten hat, nicht ich habe mich verirrt … Ich reiße mich zusammen, denn ich merke, dass ich kurz davor bin, wieder eine Diskussion mit ihm zu beginnen. Tränen schießen mir in die Augen, aber es sind keine Tränen des Schmerzes, es sind Tränen der Wut, Tränen der Verzweiflung. Ich fange an zu schreien, raste völlig aus und werfe das Tablet auf den Boden. Als ich aufblicke, stehen meine Eltern vor mir.

Sie sind wiedergekommen, ohne dass ich es gemerkt habe, und sehen mich erschrocken an. Ich stürze mich schluchzend in die Arme meiner Mutter. Mein Vater wirft einen Blick auf das Tablet. Dann zieht er mich an sich und nimmt mich fest in den Arm. »Der Kreis hat sich geschlossen. Du denkst nicht mehr wie sie, also existierst du nicht mehr. Das ist ihr System: Du existiert nur in Verbindung mit der Gruppe. Die Gruppe denkt an deiner Stelle. Wenn du wie ein denkendes Individuum funktionierst, wirst du zu einer Gefahr für sie. Was sie sagen, ist dumm. Du hast dich von dem Zauber, der von ihren Reden ausgeht, beeindrucken lassen. Du warst schon immer eine große Träumerin. Du wirst einmal Filmemacherin, und deine Filme werden die Welt verändern. Mach dir keine Sorgen, diese Schmarotzer kommen nicht wieder, es ist vorbei.« Ich weiß, dass sie nicht wiederkommen. Ich bin amtlich registriert und wäre eine Gefahr für sie. Sie werden sich andere verlorene Schafe suchen. Aber ich weiß auch, dass ich nicht zu ihnen zurückkehren darf, nicht einmal, um ihnen zu beweisen, dass ich Recht habe. Da liegt nämlich die wahre Falle. Du willst ihnen zeigen, dass sie Terroristen sind und dass du es ernst meinst, aber sie werden immer gewinnen. Ich darf nichts mehr für sie empfinden. Und das ist schwierig. Ich bin voller Hass. Und der Hass ist die andere Seite der Liebe. Das haben wir in Philosophie gelernt. Ich mag Philosophie zwar nicht, aber daran erinnere ich mich gut. Ich werde einen langen Kampf mit mir selbst führen müssen, um mich von dem

Drang zu befreien, ihnen Rechenschaft ablegen zu wollen. Das wird mein persönlicher Dschihad, im wahren Wortsinn: Meine Rachegelüste zu bekämpfen, die mich ins Unglück stürzen würden. Und dann, seien wir mal ehrlich, muss ich auch dieses Gefühl der Verschmelzung und der Erregung vergessen, das ich hatte, wenn ich mit ihnen zusammen war. So wie ein Drogenabhängiger seinen ersten Schuss vergessen muss. Sonst wird er sein Leben lang Drogen nehmen, in dem verzweifelten Versuch, sich an seinen ersten Flash zu erinnern. Er wird ihn nie mehr wiederfinden und mit der Nadel im Arm sterben. Auch ich muss meinen Ausflug in die andere Welt vergessen. Das Leben findet hier und jetzt statt. Denn die, die mich lieben, sind Gott sei Dank aufgestanden, um mich am Weggehen zu hindern. Ich bin am Leben.

# 21

## Sarah

Camille wollte noch einmal zu dem Treffen in der Präfektur. Aber dieses Mal hat sie sich freiwillig gemeldet, um als Aussteigerin aus erster Hand zu erzählen. Die Psychologin fragt, warum es ihrer Meinung nach wichtig sei, dass sie ihre Geschichte erzählt. Camille erwidert, es sei wichtig, das Missverhältnis zwischen dem, was die Anwerber erzählen, und dem »wahren Gesicht des Daesch« deutlich zu machen. »Vor allem für die Mädchen«, fügt sie hinzu. »Sie ziehen nicht los, um Köpfe abzuschneiden. Im Gegenteil, wenn sie dort ankommen und die Morde und Enthauptungen sehen, sagen sie sich von selbst wieder los. Dazu braucht es keine Psychologin. Sie begreifen, dass sie sich haben täuschen lassen. Doch dann ist es zu spät, die Dschihadisten sperren sie ein und zwingen sie zur Heirat. Das ist es, was man verhindern muss.« Die Psychologin gratuliert ihr und sagt, dass sie einen langen Weg hinter sich habe. Sie blickt mich lächelnd an und fügt hinzu: »Man muss aber auch sagen, dass du viel Unterstützung hattest …« Ich erwidere ihr Lächeln und antworte: »Wir sind allerbeste Freundinnen fürs Leben, in guten wie in schlechten Zeiten.«

Als die Jugendlichen eintreffen, spricht Camille zunächst an die Psychologin gewandt, als müsse sie sich erst einmal über sich selbst klar werden. Wie immer halten wir uns unter dem Tisch an der Hand. Wie immer gebe ich ihr drei Mal Saft. Sie spricht ruhig, aber ergreifend. Sie zeichnet ihre Geschichte als verängstigtes, allein gelassenes Einzelkind nach, erzählt davon, wie oft sie glaubte, im Waisenhaus zu enden, wenn ihre Eltern nicht mehr da sein sollten, vor allem nach dem Tod ihrer Großmutter. Dann berichtet Camille, wie sie nach den ersten Chats im Internet den Eindruck hatte, all diese virtuellen Personen seien für sie da, würden sie wertschätzen, ihr zur Seite stehen, ihr das Gefühl geben, wahrhaftig geliebt zu werden, alles für sie tun … Danach erklärt sie, wie die Zugehörigkeit zu der Gruppe ihr ein Gefühl der Überlegenheit gegeben hat. Wie sie sich unbesiegbar fühlte, keine Angst mehr davor hatte, zu leiden oder zu sterben. »Der Dschilbab hat dabei eine große Rolle gespielt«, bekennt sie. »Es ist mir peinlich, das zu sagen, aber er ist zu meinem besten Freund geworden.« Sie zwinkert mir zu. Ich drücke ihre Hand. »Dieses Kleidungsstück gibt euch die Illusion, dass nichts euch etwas anhaben kann. Ihr habt keine Empfindung mehr. Es ist wirklich wie eine Rüstung.«

Ein Junge unterbricht sie: »Für mich hat das Tragen des Qamis* auch eine große Rolle gespielt. Erst sagt man dir, dass

---

* Lange bedeckende Tunika für muslimische Männer, häufig in heller Farbe.

es die Kleidung des Propheten ist. Das gibt dir gleich ein gutes Gefühl. Du änderst deine Art zu gehen und zu sprechen, um ihm ebenbürtig zu sein. Du hast das Gefühl, wenn du dich bewegst und handelst wie er, wird sich die wunderbare Zeit der Anfänge des Islam wiederholen, und du wirst deinen Anteil daran haben. Die Brüder haben das mit einer Orange verglichen, das hat mich berührt. Sie sagten, dass die Schale die Frucht schützt, und ich habe das geglaubt. Ich habe geglaubt, dass mein Qamis meine Seele schützt.« Was er sagt, klingt so albern, dass alle anonymen Angeworbenen in Gelächter ausbrechen. Mich eingeschlossen. Das entspannt die Atmosphäre.

Camille setzt ihren Bericht fort. Sie betont, dass die Anwerber die Jugendlichen von allen isolieren, die ihr soziales Umfeld bilden und die sie mögen: »Sie werfen uns mitten ins Meer, und wissen ganz genau, dass unsere Eltern unser einziger Rettungsring sind. Deshalb isolieren sie uns von den Menschen, die uns nahestehen. Die einzige Rettungsinsel, die noch am Horizont treibt, ist der Daesch.« Camille glaubt, dass sie die Mädchen auch deshalb zum Tragen des Dschilbab aufrufen, um sie so von ihrer Familie zu entfremden. Die Mütter reagieren entsetzt und werden böse. Und genau das wollen sie. »Wenn unser Körper und unser Geist erst einmal in ihren Händen sind, versuchen sie, unser Herz auszuschalten. Sie zeigen uns widerwärtige Videos, damit wir uns an die Grausamkeit gewöhnen. Am Ende war ich so weit, dass ich mir sagte, jede Revolution fordert ihre Opfer … Ich habe die Verbrechen heruntergespielt, als wären es einfache Kollateralschäden. Ich habe für diese Verräter überhaupt nichts mehr empfunden. Und die Verräter, das waren alle, die nicht dem Daesch angehörten. Es machte mir überhaupt nichts mehr aus, einen zerstückelten Menschen zu sehen, schließlich war das ein Kafir! Und meine Eltern? Vielleicht hätte ich sie auch getötet, wenn man mir den Befehl dazu gegeben hätte. Sie waren in meinen Augen keine menschlichen Wesen mehr, sondern Kuffar!« Ich spüre, dass ihre Hand zittert. Sie ist feucht geworden. Ich drücke sie sanft, um ihr zu sagen, dass das Vergangenheit ist. Aber es ist zu spät. Camille bricht in Tränen aus, und ich merke, dass zwei andere Jugendliche ebenfalls weinen. Die Psychologin zögert, doch dann fährt Camille fort. Ihr Tonfall ändert sich. Trotz der Tränen wird er aggressiver. Sie wendet den Blick von der Psychologin ab und sieht die verunsicherten Jugendlichen nahezu drohend einen nach dem anderen an. »Zwei Dinge dürft ihr nie vergessen: Erstens, das Paradies liegt zu Füßen eurer Mütter. Das sage nicht ich, sondern der Prophet. Beim Jüngsten Gericht müsst ihr darüber Rechenschaft ablegen. Und ich wünsche euch, dass ihr nie in meine Lage kommt, denn ich werde mich sehr anstrengen müssen, um wiedergutzumachen, was ich getan habe. Stellt euch vor: Wenn ein Typ bei meinen Eltern an die Tür klopft, um eine Lampe zu kaufen, schlafen sie fünf Tage lang nicht mehr, weil sie glauben, dass der Daesch mich zurückholen will! Das zweite richtet sich an dich.« Camille blickt einem Jungen in die Augen, der zugegeben hat, bei den Attentaten auf das Bataclan nichts empfunden zu haben: »Glaubst du, Gott ist zufrieden mit dir, wenn du sagst, dass dich die Attentate nichts angehen? Weißt du denn nicht, welche Bedeutung die Absicht im Islam hat? Wenn du die Taten der Mörder gutheißt, die kaltblütig Unschuldige ermordet haben, machst du dich damit zu ihrem Komplizen. Wenn du die Attentate in deiner *nija** befürwortest, ist es, als hättest du sie selbst begangen. Allein dafür, dass du so gedacht hast, musst du um Verzeihung bitten. Glaub mir, am Tag des Jüngsten Gerichts musst du darüber Rechenschaft ablegen. Meinst du, du kannst dich aus der Affäre stehlen, indem du Gott sagst: ›Die 130 Toten sind mir egal, damit hab ich nichts zu tun?‹« Ihr Ton ist jetzt geradezu feierlich. Eine große Stille legt sich über den Raum. Auch die Psychologin schweigt und verteilt Papiertaschentücher. Alle schnäuzen sich. Sie schlägt vor, eine Pause einzulegen.

---

* In deiner Absicht, in deinem Innern, in deinem Herzen …

# Camille

Sarah ist zur Physiotherapie gegangen, und ich gehe ohne Begleitung nach Hause. Ich gehe allein. Das alte Lied klingt in meinem Kopf wieder: Je marche seul … Ich hüpfe von einem Fuß auf den anderen, im Rhythmus von Jean-Jacques Goldman. Das habe ich so lange nicht mehr getan. Ich habe wieder zu mir selbst gefunden. Ein Gefühl der Trunkenheit überkommt mich. Das Leben ist so schön. Abucobra hat immer wieder gesagt, dass die Brüder vom Daesch gewinnen würden, weil sie den Tod mehr lieben als die Kuffar das Leben. So ein Idiot … Ist es nicht Gott, der uns das Leben geschenkt hat? Das Leben ist stärker als der Tod, das Leben wird gewinnen, dank Gott. Wenn ich erwachsen bin, werde ich einen Film machen mit dem Titel: »Wie schön ist das Leben«. Wir werden alle in einem Raum sein und drei Mal dieselbe Szene wiederholen. Die Kameraleute werden erschöpft sein. Sarah wird hierhin und dorthin springen, um die neuen Sätze der Schauspielerinnen zu notieren, denn wir werden sie bitten, zu improvisieren und sich nicht ans Drehbuch zu halten. Sarah wird jede neue Antwort im Skript notieren und dabei für jede Schauspielerin eine andere Farbe verwenden. Wenn die Kameras dann den Blickwinkel ändern, können wir die Schlüsselwörter wieder aufgreifen und daraus eine Montage zu machen. Es wird nach Schweiß riechen, aber die Techniker und die Schauspieler werden voll bei der Sache sein. Die Maskenbildner werden regelmäßig vorbeikommen, um neuen Puder aufzutragen. Sarah und ich werden völlig zerzaust aussehen. Wir werden Jeans und T-Shirt tragen und den gleichen orangefarbenen Lippenstift, den wir mit zehn bei Monoprix geklaut haben, weil unsere Mütter dagegen waren, dass wir uns schminken. Die Schauspielerin, die die Rolle der Mutter spielt, wird zu aggressiv sein. Sarah wird ihr sanft beibringen, dass sie eher erschüttert sein muss. Dass sie die Tochter nicht zurückweisen darf, weil sie damit dem Daesch in die Hände spielt … Und der Schauspieler, der die Rolle des Vaters spielt, wird zu weich sein. Sarah wird ihm behutsam erklären, dass er eher ein Nervenbündel sein muss. Väter haben immer das Gefühl, dass sie ihre Töchter nicht genug beschützen konnten. Mit den jungen Schauspielerinnen, die die Rekrutierten spielen, werde ich einzeln proben. Ich werde ihnen eine Geschichte anvertrauen, die sie verinnerlichen werden. Ich werde mit jeder von ihnen Stunden verbringen, denn sie müssen verstehen, warum die Utopie, die im Internet verkauft wird, sie so berührt hat. Ich werde ruhig bleiben und sie ermutigen. Wenn ich ihnen Tipps zu ihrer Rolle geben will, werde ich sie ihnen ins Ohr flüstern. Ich werde sie nicht vor allen anderen belehren. Ich hasse es, wenn Lehrer das tun. Nein, ich werde eine enge Verbindung zu ihnen aufbauen und sie ermutigen. Es wird ein wunderschöner Film werden. Das breite Publikum wird endlich begreifen, dass die Jugendlichen nicht als Terroristen zur Welt kommen. Es wird auch verstehen, dass dies nicht nur den anderen passiert: den Jugendlichen aus der Banlieue, den Armen, den Einwanderern, den Arabern, den Muslimen … Die Islamhasser werden begreifen, dass es beim Daesch keinen Islam gibt. Die Politiker werden endlich aufhören, Muslime und Terroristen in einen Topf zu werfen. Die Richter werden jede Akte genau studieren, um zu verstehen, warum dieser Jugendliche sich hat rekrutieren lassen. Man wird uns zum Filmfestival in Cannes einladen. Wir werden nominiert werden und die Stufen hinaufsteigen … Ich werde ein rotes Kleid tragen und Sarah ein grünes. Zwei Schauspieler werden uns aus der Ferne vielsagende Blicke zuwerfen. Liebesgeschichten fangen immer mit einem Blick an. Wenn ich unsere Rede halte, wird Sarah wie immer meine Hand nehmen. Und sie wird mir wie immer dreimal Saft geben …

## NACHWORT

Große Theorien oder lange Reden werden die Welt nicht verändern. Die Experten streiten sich, die Regierungen schicken Bomben, die Parlamentarier machen Gesetze … Ich glaube an die Menschenkette. Die Verbindung zwischen Sarah und Camille war stärker als die Terrororganisation. Liebe und Freundschaft sind stärker als der Tod. Man darf nur nicht daran zweifeln. Damit es funktioniert, muss man daran glauben. Auf das eigene Herz hören, aber nie das Herz des anderen vergessen. Man muss sich darüber im Klaren sein, dass alle Herzen auf die gleiche Weise funktionieren …

Ich habe in den vergangenen Monaten hunderte von Sarahs und Camilles getroffen. Ich danke ihnen, dass sie mir ihr Vertrauen geschenkt haben. Ich bewundere ihren Mut: Sie sind in die reale Welt zurückgekehrt, obwohl ihre Träume geplatzt sind. Es ist nicht so einfach, der realen Welt mit all ihren Ungerechtigkeiten und Härten die Stirn zu bieten … Dank der Camilles und der Sarahs konnte ich wiederum die Verbindung zu euch herstellen. Es ist, als hätten sie dieses Buch geschrieben. Wenn ein junger Mensch dem Tod entronnen ist, denkt er nur an eines: die anderen zu schützen. Ihnen zu sagen, dass sie allen misstrauen sollen, die ihnen Träume verkaufen wollen. Kinder und Jugendliche mit Träumen in die Falle zu locken, ist so alt wie diese Welt … Das Neue daran ist das Internet. Man ist so daran gewöhnt, virtuell zu kommunizieren, dass man nicht mehr auf der Hut ist.

Ich habe dieses Buch geschrieben, weil ich weiß, dass ihr bei der Rettung dieses Planeten die wichtigste Rolle spielt. Die Terroristen führen nicht einfach nur einen Krieg. Sie wollen unsere individuellen und kollektiven Orientierungspunkte umstürzen, uns an die Grausamkeit gewöhnen, uns ihrer Diktatur unterwerfen, uns einen einzigen Gedanken aufzwingen, uns entzweien, um besser regieren zu können, uns den Hass und den Tod lieben lehren … Im Islam jedoch ist das Leben heilig. Das Leben ist ein universeller Wert, der uns alle eint, über unsere Überzeugungen hinaus.

Ich habe dieses Buch geschrieben, damit ihr wisst, dass der Daesch nicht der Islam ist, dass der Daesch nicht nur Jugendliche aus muslimischen Familien erreicht, dass der Daesch nicht sein wahres Gesicht zeigt …

Ich habe dieses Buch geschrieben, damit ihr die unsichtbaren Fäden des Daesch kontrollieren könnt, damit ihr gerüstet seid, um zu sehen, zu hören, zu sprechen, zu enttarnen und die Hand zu reichen.

Ich habe dieses Buch geschrieben, weil ich spüre, dass eure Generation eine Sache weiß: dass wir uns jenseits unserer Unterschiede alle gleichen. Niemand kann euch auseinanderbringen. Ihr seid alle ABFFL …

Dounia Bouzar

Titel der Originalausgabe: *Ma meilleure amie s'est fait embrigader*
Erschienen bei De La Martinière Jeunesse, Paris


Deutsche Erstausgabe


Umschlaggestaltung: Formlabor, Hamburg
Übersetzung: Sarah Pasquay, Hildesheim
Satz und Herstellung: VerlagsService Dietmar Schmitz GmbH,
Heimstetten
Druck: CPI books GmbH, Leck
Printed in EU

ISBN 978-3-95728-041-1


www.knesebeck-verlag.de